講談社文庫

5分後に意外な結末

ベスト・セレクション
心震える赤の巻

桃戸ハル 編・著

講談社

目次

Contents

5分後に意外な結末

ベスト・セレクション　心震える赤の巻

桃戸ハル　編・著

講談社

本物のサンタクロース

「ねえ。パパなんでしょう？」

その少年は目をパッチリと開いて私を見ていた。私は無言で首を振った。いったい最近の教育はどうなっているんだろう？　サンタクロースなんて誰も信じやしない。

「ずっと起きてたのかい、坊や？」

私は肩から荷物をおろして、この子にふさわしい贈り物を探しはじめた。

「うん。待ってたんだ」

少年の目はキラキラ輝いている。私はそれを見て、少しホッとした気分になった。

「そりゃ、うれしいな。でも眠っていてくれたほうがよかったな」

「どうして？」

「そのほうが仕事がしやすいからね。起きてたら、ほら、こうしてお話ししなくちゃいけないだろう?」

「うん。でもぼくはお話がしたかったんだ」

「そうかい。だけど、おじさんはすぐに行かなくちゃいけないんだよ」

「どうして?」

「明るくなる前に、世界中の子どもにプレゼントを配らなくちゃいけないからね」

「ウソ言ってら」

「ウソじゃないよ、坊や。靴下はどこだい?」

私はベッドの周囲を見まわした。靴下がどこにも見あたらなかった。

「ほら。こっちだよ。自分で作ったんだよ。すごく大きいでしょ」

「まるでベッドカバーだね? これが靴下かい?」

「でっかいプレゼントが入るようにさ」

私は苦笑した。

「それじゃ、特別大きなプレゼントをあげよう。特別だよ」

「うん。そういうことにしておくよ」

「そういうこと?」

「だって、そうでしょう? ぼく知ってるんだ」

「何を？」

「サンタクロースなんて、いるはずがないってこと」

「ここにいるじゃないか」

少年はクスクス笑った。

「だめだよ。本当はパパなんでしょう？　学校のみんなも言ってたよ。サンタクロースなんていないって。プレゼントを持ってくるのは、本当はパパなんだって」

「それじゃ、みんなが間違っているんだ。私は本物のサンタクロースさ」

「でも、この家には煙突がないよ。どうやって入ってきたのさ」

「坊や、煙突は時代遅れだよ。今じゃ、どこの家にも煙突なんてないよ」

「じゃ、どこから入ってきたの」

「玄関からだよ。壁を通り抜けることだってできるんだよ」

「ウソだい」

「ウソじゃないよ。私は本物のサンタクロースなんだから。サンタクロースがウソをつくわけがないだろう？」

「でも、本当はパパなんだ」

「そうじゃないったら」

私は、巨大な靴下の中に、戦車のプラモデルを押しこんで立ち上がった。

「さあ。そろそろ行かなくちゃ。おやすみ、坊や」

「本当はパパなんでしょう？　パパだと言ってよ。パパなんでしょう？」

「そうじゃないんだ。おやすみ」

私は、自分がサンタクロースであることを証明するために、プロ野球チームのポスターが貼ってある壁を通り抜けて外に出た。

雪が降っていた。

私はソリの荷台に荷物を放りこんで、御者台にどっかりと腰をおろした。そのとき、ふと妙な考えが私の心に浮かんだ。もしかしたら、と私は思った。その考えは私を不安にした。

私は急いでトナカイの尻にムチをいれた。そして玄関の前にソリをまわした。

「しまった……」

表札を見て、私は自分の額を叩いた。雪で半ばかくれていたとはいえ、表札に書かれている文字は、たしかに「F…孤児院」と読めた。


（作　中原涼）

彼女は公園で夢を見た

「それ、お城かな」

その声に、幼稚園の赤い制服を着た女の子は砂まみれの手を止めた。そして砂場の横にねそべる茶色い犬をまじまじと見た。

そばのベンチには、お腹（なか）の出たおじさんがだらしない格好でイビキをかいている。犬はつながれていないらしい。

秋の公園にはほかに、赤ちゃんを抱いた女の人がブランコに座っていたけれど、砂場からは遠かった。

女の子はまた、そのやせた犬と目を合わせた。

「そう、ぼく。ぼくがしゃべってるんだよ」

シッポをふっている。

「きみ、名前はなんていうんだい」

オカッパ頭は、目を大きく見開いたままだ。

「あれれ。名前、ないのかぁ」

「……大木ちはる」

やっと小さい声が出た。

「ぼくはねぇ、……言ってもいいけど、ぜったい笑うから、やだなぁ」

犬の口からたれさがった、とぼけたようなヒゲを見ていると、女の子は急におかしくなった。

「鈴木ゴンザブロー」

必死で口を押さえたけれど、クスクスと笑う声がもれてしまった。

「ほら、笑った。ちぇ。こんな名前つけられて、やだなぁ」

女の子は目を輝かせて、砂のお城から立ち上がった。そして、聞いた。

「どうしてお話しできるの?」

「しっ。おじさんが目を覚ます」

うにゃむにゃ、としゃがれた声が聞こえて、犬の茶色い耳がピクリとした。が、すぐまたイビキにもどった。

「ふう。気をつけてよ、ちはるちゃん。ぼくがしゃべれることを知ったら、ひともうけ企むにちがいないんだから」

　しゃべったあと、犬は立ち上がって、甘えるように小首をかしげた。

「ねぇ。頭をなでてくれない？」

　女の子が砂場を出て、なでてやると、犬も女の子の顔をなめまわした。

「あのさぁ。ママに頼んで、ちはるちゃんちでぼくを飼ってくれないかなぁ」

　女の子は少し考えてから、

「ママ、だめっていうよ」

「ふうん。ま、血統書もないしなぁ」

　舌をだらんと出して、のんきな顔をしている。

　そのとき、ベンチのぼさぼさ頭が動いて、小さなくしゃみをした。目を覚ましそうだ。

　あわてた口調で犬が言った。

「ぼくのことは秘密だぜ。犬と話したなんて、ママにも誰にも言っちゃだめだ。大人になるまで黙ってるんだ」

　うなずく女の子に、犬は声をひそめた。

「気をつけて。このおじさん、昔は売れっ子の芸人だったんだけど、今はすっかりダメになって、悪い人間に――」

犬が口をつぐむと同時に、でっぷりした体がむっくり起きあがった。そして女の子を見つけると、黄色い歯をむいた。

「おや。お嬢ちゃん、一人？　今誰かとしゃべってなかった？　誰としゃべってたんだい」

犬は知らんぷり。ごくふつうの犬のようなふりをして、そっぽをむいている。

女の子はスコップをひろうと、一目散にかけだしていった。

「おお。逃げる逃げる」

小さな赤い影が並木のかなたに消えるのを見届けると、男は紙袋からあんパンを出して、半分にちぎった。

「ほら、おひねりだ」

犬は大急ぎでパンに食らいついた。

「夢を見るのはいいことさ。夜だって、昼間だってな。子どもは特にたくさん夢を見なきゃ。な、ゴンザブロー？」

ゴンザブローは、パンのほうに忙しいようだ。

「楽しい夢。悲しい夢。怖ろしい夢。不思議な夢……。さぁて、今あの子の見た夢は？」

犬はパンがなくなると、ひと言もしゃべらず、どこかに去っていった。

男は、錆(さ)びた手すりを確かめながら階段を昇ってゆく。そしてドアを開けた。

誰もいない部屋に夕陽(ゆうひ)が深々と入りこみ、くすんだ壁と小さな食卓を黄金色に輝かせていた。

遠のいた舞台の輝きが、一瞬よみがえった。

食卓の上の小さなポットが、誇らしげな声で叫んだ。

「お待ちかね。奇跡の腹話術師の登場です！」

（作　山口タオ）

私の先生

「お願いします、神野（かんの）先生」

病室で、僕は神野先生に頭を下げた。

「先生に、手術をお願いしたいんです。どうか、お願いします」

努めて冷静に言ったつもりだが、かすかに声が震えてしまった。

静寂に包まれた病室で、モニター機材の音だけが低く響いている。どれほど待っても、神野先生は答えてくれなかった。病室の白さが静寂をより強調する。

僕は、深々と下げていた頭をゆっくり上げながら、神野先生の様子をうかがった。

先生は白いアゴヒゲをなでながら、窓の外をぼんやり眺めている。僕が懸命に訴えているというのに、先生は他人事（ひとごと）のように無関心だ。

「私には、無理だよ」

ぽつりと、先生はそうつぶやいた。

「あいにくだが、私にはもう、手術する度胸なんてないよ。年齢をとりすぎて、ずいぶん臆病になったようだ。それに、私は、勝ち目のない勝負はしたくないんだ」

――まだ七十歳じゃないか。老いを理由に断るには、若すぎる。

「先生！　そんなことをおっしゃらないでください。お願いですから手術を――」

老医師は弱々しく微笑んで首を振る。あきらめきった笑顔だった。

勝手にあきらめないでくれ！　心の中で僕は叫んだ。

僕はどうしても、先生に手術をしてほしいのだ。外来診察のたびに、何度も懇願してきた。しかし先生は、一度も首を縦に振ってはくれなかった。そうこうするうち、今回の入院だ。病状が悪化し、胸を錐で突き刺されたような激痛が襲い、呼吸困難で救急搬送されてしまった。

心臓がもう、限界なのだ。手術しなければ、これ以上は生きられない。

そう考えるだけで、僕の呼吸は勝手に荒くなっていった。このまま死んでしまいそうなほど、心臓が、早鐘を打つ。

「先生、難しい手術であることは、わかっています。でも、成功すれば三年、五年、生きられるんです。今まで先生は、どんな難しい手術も、あきらめずに成功させてきたじゃないですか!?『あきらめないことが、医者の最大の資質だ』って。なんで僕のときに、あきらめてしまうんですか⁉」

もたもたしていると、手遅れになる……。もう、遅いくらいだ。目には見えない砂時計が、さらさらと砂を落としてゆく。

病室に落ちた沈黙は、いったいどれほどの長さだっただろうか。

「わずかばかりの延命に、意義はあるのだろうか。君はなぜ、そんなわずかばかりの『生』にしがみつくんだね？」

僕は自分の耳を疑った。その言葉が、神野先生のものとは信じられなかったからだ。先生はさらに、言葉を重ねた。

「三年、いや五年……。そうだね、たしかに手術が成功すれば、あと何年か、生きられるだろう。でもね、なんだかそれも、悪あがきのような気がしないかね？　人間は、いつか必ず死ぬんだよ。君は、少しばかり生き永らえることができて、本当に嬉(うれ)しいか？」

気がつくと僕は、神野先生につかみかかっていた。大変に失礼な行為だったが、僕はすっかり頭に血が上っていたのだ。

「なんで、そんなに他人事なんですか？　そんな言葉、神野先生の口から聞きたくなかった。……絶対に、聞きたくなかった！」

涙目になっているのが、自分でもわかる。

三十歳を過ぎたというのに、どうして僕は、こんなに涙もろいのだろう。僕が頼りないから、先生は手術に臨んでくれないのだろうか。

見栄(みえ)も恥ずかしさも関係ない。僕は子どものように涙ぐみ、先生にすがりついて訴えた。

「僕は先生に、生きてほしいんです。必ず手術を成功させますから！　絶対に僕が先生を助けますから！　お願いです、僕の手術を受けてください!!　神野先生！」

僕を優しい目で見つめ、先生は穏やかに笑った。

「佐藤(さとう)君、君は変わらないな。泣き虫なところも、まっすぐなその目も、私の教え子だったころから、ちっとも変わらない。……いい医者になったな。佐藤先生」

（作　越智屋ノマ）

雨のあと

その年は、梅雨が明けてもずっと雨が降り続いていた。

恵みの雨だ。雨が降らなければ、生きていくことはできない。けれど、降れば降るほどいいというものでもなかった。太陽の光もまた必要なのだ。

「だめじゃ。このままじゃあ、今年は稲が実らない」

寄合所のなかで、一番年かさの老人がため息をこぼした。

「そんな！　蓄えた米ももう底をつくっていうのに！　子ども二人と妻を抱えて、どうしろってんだ！」

男の一人が、この世の終わりのような顔つきで床をたたく。

田んぼと粗末な家が並ぶだけの小さな村だ。海は遠く、村人たちは山で獲物を捕るすべも知らなかった。

「夏と秋はまだいいじゃろう。山に分け入って、山菜や果物を採ることができるからな。問題は……」

老人は途中で言葉を飲みこんだが、それでも男たちにはわかった。このまま稲が実らなかった場合、何人の村人が今年の冬を越せるのだろう。

「あそこには、たんと米があるってのに！」

男がうらめしげににらんだ先には、場違いなまでに立派な屋敷が建っていた。それは、ここら一帯を治める殿様の屋敷で、彼の家では毎日山盛りの白いご飯を食べているという。

「殿を頼りにしたってだめじゃ。なにしろあのお方は、魚の骨を猫にやるのすら嫌がるようなごうつくばりじゃからな」

「なら、せめて若様にお会いできれば……」

殿様の息子はたいそうやさしい青年で、なんでもその昔、病で倒れた使用人のために高価な薬を買うよう、渋る殿様を説得したこともあるという。ただ体が弱いため、屋敷の外に出てくることはあまりなかった。

「さぁさぁ、らちもないことを考えていたってしょうがない。今はただ、雨がやむことを祈ろうじゃないか」

老人がそう言うと、それが解散の合図となり、男たちはそれぞれの家に帰っていった。

雨はぐずる子どものようにそれから何日も降り続き、ようやくやんだと思ったころには真冬のように寒い夏が来て、やがて本当の冬が訪れた。

「食べられるものは、もうこれしかないな」

すべてが凍てつく寒空の下で、男は深いため息をついた。足もとには長雨と冷夏にも負けず、元気に育ったコケだけが生えている。

「お父ちゃん、本当にこれ、食べられるの？」

並んで横に立ったら枯れ木でさえ太く見えるほどやせた女の子が、不安そうに男の手を握る。男はその手を力なく握り返した。

本当は、娘にも息子にも、白いご飯をたらふく食べさせてやりたい。しかし、村人たちが何度願いに行ったところで、殿様は耳を傾けてくれなかった。せめて心やさしいと評判の息子と話をしたかったが、やはり彼が外に出てくることはなかった。

「まっ白なご飯だと思って食べれば、きっと大丈夫だ」

娘の手を離すと、男は率先してコケを口に入れた。舌にふれたとたん、思わず吐き出しそうになる。苦くて、青くさくて、とても食べられたものではなかった。けれど、子どもたちの手前、我慢して飲みこんだ。

「お父ちゃん……」

「いいから、食べるんだ」

どんなことだって、死ぬよりはましだ。男は嫌がる子どもたちの口にもコケをつっこんだ。

——その時だった。

「そなたたちは、何をしておるのだ?」

急に後ろから声をかけられて、男は顔を上げた。振り返った先には、カゴをかついだ屈強な男たちがいた。彼らではない。声をかけてきたのは、カゴのなかに座した青年だった。

すだれを押し上げたすき間から、青白い顔がこちらをのぞいている。そのやさしげな眼差し(まなざし)には覚えがあった。

「若様!」

驚きと興奮で男の声が裏返る。

青年は心やさしいと言われる、殿様の息子だった。

「若様、あの、今日はいったいどうなさったのですか?」

病気で屋敷にこもりがちの息子が外に出てくるなんて、どうしたというのだろう。

男がためらいがちに尋ねると、息子は父親とは似ても似つかぬやさしい笑みを浮かべて答えた。

「病がちとはいえ、いずれは父の跡を継いで、この地を治めていかねばならぬ身だ。調子のよい時くらい、村の様子を見て回らねばな」

「若様……！」

男は心の底から感動して、地面にひれ伏した。

「そうかたくなるな。それで、そなたたちは何をしておるのだ？」

「私たちにはもう食べるものがないのです。それで、腹が減ってしまって、どうしようもなくて……！」

殿様と違って、若様ならきっとわかってくれる。そう思うと、感極まって、それ以上は言葉にならなかった。

「そうか」

殿様の息子は、男とその周囲に生えているコケを見て、すべてを悟ったらしい。鷹揚（おうよう）にうなずくと、男に言った。

「そういうことなら、みなで屋敷に来るがよい」

「ですが、殿様が……」

「安心しろ。父は今日、留守だ」

「……ありがとうございます！」

男は何度も頭を下げると、村人たちに声をかけて、みなで屋敷に向かった。

はじめて入った屋敷のなかは、想像以上に豪勢な造りをしていた。太い大黒柱が高い天井を支え、裏には大きな倉も建っている。

「お父ちゃん、米俵があるよ！」

お勝手に積まれた米俵を見つけて、子どもたちがはしゃいだ声を上げた。大人たちは、静かにしろとしかりつつも、心中では何ヵ月かぶりに食べる白いご飯を想像して、子どもと一緒にはしゃぎたい気分だった。

あと少しだ。あと少しで、白いご飯をお腹いっぱい食べられる。

幸せな食事を想像して、腹の虫をなだめすかす。そんな村人たちの前に、殿様の息子が現れた。

「若様、このたびは本当にありがとうございます」

村人たちを代表して、一番年かさの老人が頭を下げた。

「気にするな。この地を治める者として、当然のことをしたまでだ。それより早くこちらへ参れ。おまえたちの望むものが、こっちにはたくさんあるぞ」

息子に手招きをされて、村人たちはゴクリとつばを飲みこんだ。

ついに、白いご飯を食べられる時が来たのだ。村人たちの顔に満面の笑みが浮かぶ。そんな彼らを、息子は庭に連れて行った。

「あの、若様？　これはどういうことで？」

とまどう村人たちに向けて、息子はやさしくほほえんだ。

「遠慮することはない。長雨続きのせいで、この庭は今、コケだらけなのだ。好きなだけ食べるがよい」

（原案　欧米の小咄　翻案　麻希一樹）

とっかえべえ

天秤棒(てんびんぼう)の前と後ろに大きな樽(たる)をぶら下げ、その男が往来に現れた。活(い)きの良(い)い物売りと違い、どこかうさん臭い風体だ。粋な町火消の格好をまねているのだろうが、薄汚れたはんてんの刺子の糸がほつれ、だらしなくぼあぼあとなびいている。

黒い羊が立ち上がり逃げ出してきたのかと見紛(みまが)うばかりだ。

顔が判然としない。不精ヒゲが伸び放題なので、目も鼻も口もかきわけてわざわざ探し出さなければならないほどだ。

男は今にも足がもつれて転倒しそうな歩き方だった。それで道行く人はあわてて脇に飛(と)び退(の)いた。大樽の中身をぶちまけられたりしたらそれこそ大騒動だ。

男は自分だけは町の人と流れる時間が違うんだといわんばかりに、ゆっくり気ままにあっちにふらーり、こっちにふらーり。あけてもらった往来の空間を我が物顔で独り占めにしている。昼日中から酔っ払っているのだろうかと、誰しもが怪しんで当然だった。

「あー、危ない」、と声の矢が飛んだ。ついに前の樽が大きく揺れ、どーんと土壁にぶち当たった。壁がごそりと崩れ、もうもうと砂煙が舞い上がる。壁の中の割竹が折れ、ささくれ立った竹が辺りにパチーンと飛び散った。その反動で男は往来の真ん中につんのめり、さらに激しく砂ぼこりが辺りにもうもうと立ちこめた。

その砂ぼこりがしばらくたってようやくおさまると、側(そば)で固唾(かたず)をのんで立ち尽くしていた町の人が身を乗り出してぐっと目を凝らす。

男は往来の真ん中であぐらを組んで座っていた。そして、汚れた頬の砂をはたき落としながら、この町での第一声をこう張り上げた。

「とっかえべえ」

平和な町の空気を稲妻のようにその声は切り裂いた。

男は、胸を大きく膨らませ、道行く一人一人の顔をじっくり見渡した。そしてさらにもう一つ素頓狂(すっとんきょう)な大声を張り上げた。

「とっかえべえ」

すると、その声で道行く人の反応ががらりと変わった。

「ええっ。とっかえべえがやって来たぞ。とっかえべえが来てくれたのか」

声が波のようにうねりながら確実に遠くまで伝わっていく。

「この前、とっかえべえが来たのは十年も前のことだ。そうか、久方ぶりにとっかえべえがこの町になあ」

目を丸くした町衆の顔がどんどん増え続けた。

「さぁ、さっさと家に戻らねば」

「そうとも、どんな取り替えをやってもらおうか、うちの宿六に相談しなけりゃ」

往来の人はそんなことを口々に話しながら、思い思いの方向にぱーっと散らばっていった。蜘蛛（くも）の子を散らすようとは良く言ったものだ。

往来の真ん中にはいつの間にか、大きな樽が二つでんと据えられ、とっかえべえと下手な字で書かれた旗指物が風にばたばたせわしなくなびいている。

何とも大仰な演出だった。並の物売りの目立ち方ではない。

とっかえべえと叫んだその男は、まん丸い満月のような顔をあちこちに向けながら、一番目の客を目で探し始めた。

すると小さな男の子が目をきらきら輝かせて走ってくるのが見えた。男はにこにこして、それを剛毛に隠された小さな点のような目で追った。

（あの子が一番かな）

けれど予想は裏切られた。どんどーんと地鳴りが響いて反対方向から駆けつけてきた大男が先にとっかえべえの前に姿を現した。

「何でも取っ替えてくれるんだろ、とっかえべえさん」

「あぁ、何でもな」

大男がとっかえべえの目の前に突きだしたのは刃のこぼれた斧だった。

「俺の大切な道具が駄目になってしまってのぉ。どうじゃい、新しい斧と取り替えてくれんかのぉ」

とっかえべえは大きな身ぶりで答えた。

「おやすいご用じゃ」

「お代は、値上がってないんじゃろうなあ」

「もちろん、たったの一文で」

大男はとっかえべえをぎゅっと抱きしめた。

とっかえべえは、嫌がって身体を振ったが遅かった。

「なら、早く取り替えてくれんか」

「お前がわしの身体を放しさえすれば、すぐにでもやってやるから」

「そりゃそうじゃな」

大男はやっととっかえべえを解放した。とっかえべえはふらつきながら、斧を受け取ると赤い樽の中にそれをおさめた。

（とっかえ、とっかえ、とっかえべえ。願いかなえて、とっかえべえ）

口の中でいつもの呪文を唱えると、神妙に手を合わせた。大男も熊のような普段の厳しい顔を鹿のように穏やかな顔にして祈っている。

とっかえべえがカッと目を見開くと、後ろの青い樽ににじり寄った。そして身を乗り出して首を突っ込んだ。

「うわっ、ありがてぇ。おやじ殿、かたじけない」

とっかえべえが差し出した輝く斧を素直に手にすると、大男は、飛び上がって喜んだ。

「とっかえべえさん、うちの願いも聞いとくれ」

耳元で甲高い声がした。振り返ると、粋な女房が話し掛けてきている。

「はいはい。何を取り替えてあげようか」

女は長い首をなまめかしく傾けながら、頭から抜けるような声を出す。身体から絶えず放射されてくる艶（あで）やかさは、周りの男の顔を次々と明るくしていくから不思議なものだ。

「亭主を取り替えてくれないか」

「亭主をかい」

「そうとも。今のこいつには愛想がつきたんだ。大事なわたしのへそくりを博打ですっちまうし。ちょいと色男だけど、ごまかされちゃったというわけさ。ねっ、いいだろう」

「いいだろうって、ご亭主はいいのかい」

いなせな格好をした男が、ぼそぼそ消え入りそうな声を出した。

「あの世行きってわけじゃないんだろ」

「もちろんさ、あくまで取り替えだから、この女房殿が思い描いた亭主を持ってる女房殿の亭主に新しくおさまるって寸法さ。でも、注意しなきゃなんねぇのは、一度きりしか取り替えは出来ないからね」

「こんな最低の男はいやしないから、後悔はしないって」

「そうか、両者が合点しているんなら、とっかえべえ。よし、ご亭主。赤い樽の中に入って膝をかかえて丸くなり目を閉じて、じっと待っていてくれるかな」

「分かった。あぁ、せいせいするぜ」

とっかえべえは、また手を合わせてあの呪文を唱えた。

（とっかえ、とっかえ、とっかえべえ。願いかなえて、とっかえべえ）

青い樽から現れたのは、ずんぐりとした背格好の男だったが、女房はささーっとすり寄って手を取った。

「ありがとうねぇ。噂通りの凄腕だね、とっかえべえさん。この旦那、気に入ったの何のって、うーん。懐にずしりと黄金が重いねぇ」

二人はじゃれあって往来の彼方に小さくなっていった。

「おじさん、とっかえべえのおじさん。おれの願いをかなえてくれるかな」

とっかえべえは腰を低く落とし、童の顔をのぞき込んだ。さっき一番に駆け付けようとしてくれた子だ。色白なので雛人形の上品な頭のよう。今は花が咲いたように輝いている。

「なんなりと」

「とっかえべえのおじさん、おれはおっ母がふびんで仕方がねぇんだ。詳しくは知らないけれど、おれが生まれたばかりの時におっ父は亡くなったんだ」

「それはそれは」

とっかえべえは、眉根を寄せて真剣に耳を傾けた。

「おっ母のことを考えると、おれの命とおっ父の命を取り替えた方がいいと思うんだ。おれよりおっ父の方が何倍も何十倍も高い銭を働いて稼ぐだろうから。おっ母を幸せにするにはそれしかないと思うんだ」

とっかえべえは、健気(けなげ)なこの子の気持ちが痛いほど分かった。

「その気持ち、信じていいんだね」

「客の願いは無条件なんでしょ。みんなそう言ってた」

「一本とられたね」

「極楽のおっ父をこっちに呼び寄せてくれるよね」

とっかえべえは、これには弱り果ててしまった。長い間懐に手を入れて、真っ青な大空を仰いだ。思いは複雑だった。

「よし。願いを聞いてあげよう。それでお前の心が安らぐのなら、それも善(よ)しとせねばな。それじゃ、行ってらっしゃい。赤い樽に入って、目をつむって」

とっかえべえは、涙をこらえてやっと決心をした。

(とっかえ、とっかえ、とっかえべえ。願いかなえて、とっかえべえ)

青い樽に近寄ってのぞき見ると、先ほどの童がうずくまっている。赤い樽から、青い樽に移っただけで、男の子の父親の姿は見えない。

「ええっ、ここが極楽なの。まさか、変わってないよ、おじさん、どうしちゃったの、これって」

とっかえべえは、首を何度も前に倒しながら童に優しく声をかけた。

「一度しか、とっかえべえは効かないんだよ」

「ええっ、どういうことなの」

「……。昔、お前が幼くして病死し極楽にのぼっちまった時のことさ。お前のおっ父がな、自分の命と引き替えにって、とっかえべえをやったことがある。今それを思い出した」

とっかえべえの大粒の涙の中に、男の子のとまどう顔がいくつも浮かんでいた。

（作　江坂遊）

空席

今日という日を、男は一年も前から待っていた。

めったに聴衆の前に立たなくなったカリスマ的指揮者が、久しぶりに指揮棒を振るのである。彼の指揮するオーケストラの演奏は、「至高の聴体験」だと言われる。この公演のことを知った一年前、男はあらゆる手をつくして、チケットを手に入れた。そして、一年間、期待と忍耐の日々を過ごしたのである。

夕方からはじまる演奏を待ちきれず、男は昼すぎからホールの近くまで行き、そこに掲示されている看板やポスターをながめ、入り口の脇にある売店でパンフレットを買っては、それを読みながら過ごした。

開演の一時間前、会場のドアが開いた。すべての席が指定なので、もちろん急ぐ必要などない。それでも、男の足は気がつけば小走りになっていた。

この演奏を楽しみにしていたのは、もちろん彼だけではない。「数年に一度」と言われる、カリスマ的指揮者の演奏会のチケットを手にした人々は、みな同じ思いだった。開場から十分ほどで、広い観客席の、ほぼすべての席が埋まっていた。開演ともなれば、すべての席がこの日を待ちわびた人々で埋めつくされるだろう。

そのなかでも、男が手に入れることができたチケットは、まさに特等席といってよかった。指揮者の動きを見るのにも、音響的にも、その席は最高のプレミアム・シートであった。

いよいよ開演五分前。男には気になることがあった。自分の左隣の席が空いたままになっているのだ。空席の向こう側には、小柄な老人が座っている。

男は、たまらずに、その老人に聞いた。

「どうして、こんな特等席が空いているんですかね？」

座っていた老人は答えた。

「この席の主は、来られなくなってしまったんですよ」

舞台の方向を見つめながら、老人は答えた。

「ほう、お知り合いの方ですか？」

男が尋ねると、老人は言った。

「私の妻です。妻と一緒にこの演奏会に来ることを楽しみにしていたんですがね」

自分と同じように、老夫婦も、この日を楽しみにしていたであろうことは想像に難くない。しかし、妻のほうは来られなくなってしまった。よほど大切な用事ができてしまったのだろうか。

しかしだ。この演奏会よりも大事なこととは何だろう。このチケットを無駄にする人間にこの指揮者の演奏を聴く資格はあったのだろうか。気になった男は、さらに老人に尋ねた。

「奥様は、どうして来られなくなってしまったのですか？」

老人は答えた。

「妻は、今日という日を迎える前に、死んでしまったんです」

男は申し訳ない気持ちになった。そんな答えが返ってくるとは思ってもいなかった。うかつな質問をしてしまった自分を責めた。

しかしだ。「死んだ妻に聴かせたい」という気持ちもわからないでもないが、それは老人の感傷にすぎない。実際に死んだ人間が音楽を聴くことはできない。ならば、知り合いの誰かに、この至高の体験をさせるべきなのではないだろうか。それに「空席がある」なんてことは、そんな事情を知らないあの偉大な指揮者に対して、失礼なことなのではないのだろうか。

そんなことを考えていると、老人の感傷は単なるエゴに思え、音楽を愛することよりも、自分のエゴを優先させた老人に、無性に腹が立ってきた。

「でも、やはり空席にする必要はないんじゃないですか？　あなたや奥さんのご友人や親戚の方に声をかけて、この音楽を聴いてもらうことを、奥さんも望んだのではないですか!?」

老人は静かに答えた。

「いや、今日は、私の友人も親戚も、もちろん妻の友人も親戚も、用事があって来ることはできないんですよ。聞いてはいませんが、分かります」

「なぜですか？」

「実は、妻が死んだのは昨日なんです。今日は妻の葬式をしているんです。みな、妻の葬儀に参列しているはずですから」

そのとき、開演を告げるブザーが鳴り、会場が暗転した。暗くても、これから聴く演奏への期待から、老人の表情が歓喜に満ちていることは分かった。

（原案　欧米の小咄　翻案　小林良介・桃戸ハル）

亡霊

紀子(のりこ)の夫の純一(じゅんいち)が行方不明になって、もう二年が経(た)つ。

「いつかパパは戻ってくるよね?」

今年六歳になった息子、翔(しょう)がそう言った。

夫が行方不明になったとき、翔はまだ四歳だった。しかし、翔の頭の中には父親との記憶がはっきり残っているようだ。いや、残っているのではない。月日が経つごとに、新しく記憶が作られているような気がする。いなくなってしまった父親を求める気持ちがそうさせているのかもしれない。紀子にとって、純一は最良の夫ではなく、翔にとっても最良の父親ではなかったのだから。

紀子は、「そうね……」とは答えたものの、その続きは、声にはならなかった。

それからしばらく経ったある夜、子ども部屋で一人で寝ていた翔が不思議な体験をした。

「翔……。助けてくれ……」

誰かの声がする。

「なぁ〜に〜。だぁ〜れ〜〜」

翔には、それが夢の中の出来事なのか、現実なのか、わからなかった。

「翔、パパだ」

「…………」

「パパだよ！」

「パパ……。パパ……。パパ!?」

翔は布団から飛び起きた。これは夢ではない。

「パパ？　どこ？」

すると、暗闇の中に大きな人影が漂っているのが見えた。こちらをじっと見下ろしている。翔は、怖いとは思わなかった。

「パパなの？」

「……パパは、湖にいる。助けてくれ」

「わかった！」

翔がそう言うと、人影はカーテンの向こうにすっと消えた。しかし、静寂が戻ると、翔は眠気に負け、またすぐに布団の中にもぐり込んだ。

そして、翌朝。目覚めた翔は、興奮したように、昨晩の出来事を紀子に語った。

「昨日の夜、パパが来たよ！」

「夢でも見たの？　そんなことより、早くゴハンを食べなさい」

この頃、翔は父親のことをよく話題にする。やはり、子どもには父親が必要なのだろうか。翔には、純一が行方不明になっていることを、つつみ隠さず話している。父親がいつかは帰ってくると、翔がどこまで本気で思っているのかは、よくわからない。しかし、今朝の翔の口ぶりは、冗談で言っているようには感じられなかった。

「本当だよ。寝ていたら、パパが『助けてくれ』って言ったんだ」

「助けてくれ？」

「うん。助けてくれって」

紀子は、手をとめて、ゆっくり確かめるように言う。

「パパは、助けてくれって言ったのね。ほかには、何か言ってた？」

「ええと……。あっ！『パパは、湖にいる』って言ってたよ」

「湖？」

「そう。僕、みんなでキャンプに行った湖だと思う。ぜったいそうだよ！」

「そうかもね。でも、それって、翔が見た夢の中の話じゃないの？」

そう言われて、翔は少しすねたような表情になった。

「夢じゃないよ。だって僕、ほっぺをつねって痛かったもの。夢だったら、痛さなんて感じないはずだよ」

紀子は、少し悲しそうな表情で言った。

「じゃあそれは、パパの幽霊だったのかもしれないね。だって、そうでなければ、家の中に現れたり、消えたりなんかできないもの」

「ユーレイ？　パパ、死んでいるの？」

翔は、不幸な結論に思い至って、口をつぐんでしまった。

紀子も本気で信じたわけではなかった。しかし、翔を納得させるためにも、そして自分を納得させるためにも、翔の体験を無視してはいけないと思った。

案の定、警察では、相手にされないどころか、迷惑がられて追い返された。もっともな話だから、警察をうらむ気持ちは起こらない。紀子は、警察はあきらめ、民間の探偵事務所に相談してみることにした。

すると、予想外の言葉が返ってきた。

「……奥さん、それは十分にあり得る話ですよ。ときどき、いるんですよ。そういう霊感の強い子どもが。子どもが指さしたところを掘ったら、遺体が出てきたりね。あぁ、これは失礼。まだ、亡くなっていると決まったわけじゃないですね」

小太りのベテランの探偵はそう言って、意味もなく一人で笑った。

何が面白いのだろう。こっちは、むしろ不愉快だというのに。

それから、探偵は急に真面目な顔になると、紀子の顔をぐっとのぞき込んだ。

「いいでしょう。探してみましょう」

紀子は複雑な気持ちで、頭を下げた。

「本当ですか！　どうかお願いします！」

すぐに探偵は、家族がキャンプをしたという湖に向かい、調査を開始した。

しかし、調査は簡単なことではなかった。湖畔をただ歩いて見て回るだけでも一日はかかるという。溺死している可能性もあるから、ボートを走らせて湖の中の様子を探る必要もあった。

二週間が経った。

おおよそ、怪しいと思われる場所をあたって、事件に結びつくような手がかりがないか調べてもらったが、何一つそれらしいものは見つからなかった。

「これ以上やっても無駄でしょうね。私が言うのもなんですが、調査費用もバカになりませんから」

探偵が電話口で言う。しかし、紀子はあきらめなかった。

「もう少しお願いできませんでしょうか。……私たちは、北側の湖畔でキャンプをしました。そのあたりに絞っていただけないでしょうか」

「わかりました……。じゃ、そっちを重点的に調べてみますか」

そう言って、探偵は電話を切った。

それから三日後、探偵が興奮した様子で電話してきた。

「奥さん、見つかりましたよ！　……失礼。決していいことではないから、落ち着いて聞いてください。旦那さんの遺体が見つかりました」

「本当ですか……」

探偵は、電話越しに、紀子のすすり泣く声を聞いた。探偵は、「これも仕事ですから、悪く思わないでください」と前置きをしてから、状況を説明しはじめた。

「遺体は、北側の湖畔の林の中に埋められていました。会社帰りに事件に巻き込まれたようです」

そして、紀子を気遣うことなく、具体的なことを細かく説明しだした。紀子は、それ以上は耐えられず、話を切り上げようとした。

「そうですか。見つけてくださって、ありがとうございました」

探偵は、「あとは警察に委ねられることになる」と言って電話を切った。

その日、遺体発見現場の湖畔にパトカーが集まり、捜査が開始された。

白骨化した遺体は着衣のままで、失踪当時に持っていた鞄(かばん)などもいっしょに埋められていた。ポケットには財布が残っており、金も盗まれていなかった。金品目的の殺害ではないようだった。

いったい誰が、何の目的で殺害したのか？　警察は、慎重に遺体の検死を進めた。

その結果、死亡からおよそ二年が経っていて、失踪直後に殺されたと考えられた。

純一は、自宅に帰る途中で何者かに襲われて殺害され、湖畔に埋められたのだ。

頭部には、鈍器のようなもので複数回殴られたような痕跡が見つかった。強い恨みを持つ者による犯行だと考えられた。警察は純一の周辺の人物を洗ってみたが、容疑者を絞り込むことはできなかった。

そんな中、警察は当初から捜査線上に浮かんでいた人物の犯行を裏づける、決定的な証拠を見つけた。

事件当時の現場周辺には防犯カメラはなかったが、たまたま現場近くを通った車のドライブレコーダーに、深夜、容疑者の車が湖畔のキャンプ場に入る様子が映っていたのだ。

これがきっかけで容疑者が逮捕された。遺体発見から、わずか十日目のことだった。

「あなたが殺したんですね？」

そのあと出てきた複数の証拠をつきつけられ、容疑者は観念したように言った。

「……はい。間違いありません」

純一を殺した犯人は、妻の紀子だった。

警察は、はじめから紀子をマークしていた。子どもの話が元になっているとはいえ、探偵に調査を依頼した、家族に馴染み(なじ)のある場所から遺体が見つかるというのは、いかにも不自然である。そして、純一の周辺に、彼に恨みを持つ人物が見つからなかったことから、紀子が重点的にマークされたのだ。

取り調べ室で、刑事は紀子に聞いた。

「息子さんによれば、ご主人の幽霊が、『パパは、湖にいる』と言ったそうですね。それは、息子さん、あるいはあなたの作り話だったんですか？」

憔悴(しょうすい)し切った紀子は、ぼそぼそと小さな声で答えた。

「……いえ、作り話ではありません。息子は夫の幽霊を見たんです。私が息子の前で、夫の幽霊を演じましたから」

刑事は驚いた顔をした。

「なぜ二年間、犯行を隠していたのに、わざわざ自分から犯行を暴露するようなことをしたんですか？」

紀子は、口をつぐんで何も話そうとしない。刑事は、それを気にすることなくひとり言のように続けた。

「それに動機です。ご主人は、誰に聞いても評判がいい人物だ。なぜあなたは、息子さんから父親を奪うようなことをしたんですか？」

評判がいい人物、と刑事が言ったとき、紀子は一瞬、刑事をにらむように顔を上げたが、すぐに顔を伏せた。

「我々は最初、あなたと上条俊介氏の関係が理由ではないかと疑ったんですよ。上条氏とあなたが、現在交際していることはわかっています。ご主人と上条氏は、大学時代の親友ですね。三角関係がもつれて、共謀してご主人を亡き者にしたのだと。しかし、それでは、どうしても計算が合わない。ご主人が失踪した当時、上条氏はアメリカに住んでいた。日本に帰国していないことは間違いない。それどころか、当時、あなたとの接点もまったく見つからない。ご主人の殺害事件に、上条氏は無関係だと言わざるを得ない。あなた方の出会いは、偶然だったのですか？」

「私たちの出会いは、偶然だったの？　そもそも、あなたは誰なの？」

拘置所にいる紀子の元を訪れた男に、紀子は聞いた。

「上條俊介だよ。嘘（うそ）なんかついていない」

「あなたが、あの人——純一さんの大学時代の親友だったなんて、知らなかった。なぜ、そのことを隠していたの？　あなたの目的は何？　本当に、私のことを愛していたの？」

矢継ぎ早に質問され、男はしばらく黙って考え込んだ。しかし、何かを決意したように静かな口調で話しはじめた。

そう、僕と純一は、大学時代の親友だよ。少なくとも、僕はそう思っている。

ただ、僕らは、大学の卒業前に大きなケンカをしてしまったんだ。僕は、大学を卒業してアメリカに渡り、仕事も向こうでしていたから、その後、純一と仲直りをする機会はなかった。

でも、純一とのことは、ずっと後悔していた。だから、日本に帰国することになったときには、真っ先に純一に会って、話をしたいと思っていたんだ。

それなのに——。

純一の会社に行って聞かされたのは、「純一が失踪して、行方不明になっている」ということだった。純一が、家庭や仕事を捨てて、自ら失踪するような人間であるはずがない。僕は、純一は何らかのトラブルに巻き込まれたんだと思ったよ。だから、いろいろと調べたんだ。調べた結果、いちばん怪しいと思ったのが、キミだった。キミに近づいたのは、純一の失踪の真相を知りたかったからだ。そして、近づいた結果、キミが純一を殺した、という確信を得るようになった。だってキミは、純一が二度と戻ってこないってわかっていたから、僕が交際を申し込んだとき、迷わず、うなずいてくれたんだろ？

ただ、キミは、なかなかボロをださない。だから、僕は、最後の賭けにでることにしたんだ。そう、あのプロポーズだよ。

「僕は半年後にアメリカに赴任することになった。結婚して、一緒に来てくれ。結婚できないなら、いっそのこと別れてくれ」と言った僕の言葉に、キミは、「息子にきちんと説明したいから、半年だけ待ってほしい」って言ったよね。あれ、離婚を成立させるためだったんだろ？

キミは、純一を殺害し、証拠も残さず誰にも発見されないところに埋めた。完全犯罪だよね。警察だって、「殺された」ことがわかっていれば別だろうけど、そうじゃなければ、本腰を入れて動いてくれはしない。でも、それゆえ、生死もわからない状態になって、「失踪した」ということにするしかなかった。結婚相手が失踪して生死不明の場合、一定の期間が経たないと、離婚が成立しないんだよね。

キミは、僕のプロポーズを受けて結婚するために、純一の死を確定させなくてはいけなかった。だから、翔くんを利用して、純一の死体を発見させようとしたんだろ？　さっき、キミは僕に、「目的は何？」って聞いたよね。僕のほうこそ聞きたい。なぜキミは、純一を殺したんだ！　なぜ、翔くんから、パパを奪ったんだ!!

「『パパを奪う』？　警察と同じことを言うのね？　あなたは、何もわかっていない」

紀子の小さなつぶやきを、俊介は聞き逃さなかった。

「何をわかっていないって言うんだ？」

「何もかもよ。あの人のことも、私のことも、翔のこともよ！」

紀子の言葉は、上條俊介に対する呪いの言葉でもあったが、彼に求めた最後の救いの言葉であったのかもしれない。

「私は、いいえ、私と翔は、あの男からひどい暴力を受けていました。あの男は家庭の外では、『いい人』『温厚な夫』を装っていた。だから、誰も信じてくれなかった。でも、あの男は、家庭では悪魔だった。私たちは、いつも夫におびえていました。……私は、どうなってもよかった。でも、翔だけは助けなくてはいけなかった。……だから、殺すしかなかった」

俊介は思い出していた。大学時代に純一と大ゲンカするきっかけになったのは、純一が、当時つき合っていた彼女に、暴力をふるったことだったことを。

「翔に気づかれないように、殺すしかなかった。翔から父親を奪ったかもしれないけれど、あの男を殺して、私たちは救われたの。そして、あなたが現れた。私は、本当にあなたのことを尊敬し、愛した。あなたにも愛してもらえていると思っていた。でも、人殺しの私が幸せになる資格なんて、ないとも思った。悩んだわ。それでも、翔には、あなたのような父親が必要だと思ってしまったの。『半年』は、答えを出すために必要な時間だった。私は、人を殺したかもしれないけど、人の心を弄(もてあそ)んだあなたも、私と変わりないわ」

そうつぶやくと、紀子は立ち上がり、面会室を出ていった。部屋には、紀子の言葉だけがいつまでも残っていた。

（作　桃戸ハル）

地球嫌い

月面の建設現場で働いている労働者の中に風変わりな男がいる。

並はずれた筋肉を持つ大男で、異様に鋭い目つきをしているうえに、ほとんど口をきかない。仕事で声をかけられても、「おお」とか「ああ」とか答えるだけだ。

「どうも、あいつは、つきあいが悪い」

仲間からも敬遠されがちである。しかし変わり者なのでよく話題にされるのだ。

月面で働く労働者は、半年か長くても一年も経てば地球が恋しくて、どうしようもなくなる。これは単なる望郷の念だけでなく、人間の本性に根ざした思いなのだろう。彼ら感傷でボロボロになった労働者は、地球の相場の十倍以上の給料を手にすると、さっさと地球に引きあげてしまうのが通例である。雇用者側も、定期的に人員を入れかえることに何の疑問もいだいていない。

ところが、この鋭い目つきの大男だけは、五年前に月にやってきて以来一度も地球に帰っていないのである。

「よほど月が好きなのだろう」

そう考える者は、一人もいない。拘束衣にも似た宇宙服なしでは一歩も外を出歩けない環境はそれほど過酷である。ロマンチックな要素はどこにもない。

「それでは、金のためか？」

これもちがう。月で五年間も働けば、地球で一生働いた分の給料がもらえるのだ。しかも、その大金を使うためには、地球に帰らなければならない。

「すると、地球に帰れない、のっぴきならない事情があるとしか考えられないな。もしかすると犯罪者じゃないのか。やつの態度から見て、どうもそんな気がするのだが」

これも、詮索好きな男が地球に帰還した際に、わざわざ人を使って調べたが、結果は否定的だった。容疑者としてマークされたこともなければ、犯罪組織にかかわった形跡もなく、前科すらなかった。

「おかしいな。それじゃ、どうして地球に戻らないんだろう。もう一生遊んで暮らせるぐらいの金はたまっただろうに」

「おそらく、地球が嫌いなんだろう。やつが人間嫌いであることは間違いないんだからな」

「そうだな。きっと地球嫌いなんだ」

さて、仲間たちから地球嫌いと断定されたこの偏屈男も、ついに地球に帰らなければならない日がやってきた。予定の工事が終了し、契約が切れたのである。

「どうかお願いです。もう少しここで働かせてください」

偏屈男は、まわらぬ舌を動かして、雇用者の代理人に談判した。

「おれは地球に帰りたくないんです。いや、帰ってはいけないんです。お願いです。一生月で暮らせるようにしてください」

「それは無理だよ。だいいち月にはまだ何もないじゃないか。どうして地球に帰りたくないんだね?」

「それは言えません」

「まあ、人に言えない悩みもあるだろうが、月に残るくらいなら地球に帰って刑務所に入ったほうがましだよ」

「そんなことではないんです」

「いずれにしろ、この事務所ではどうすることもできないようだね。地球に戻れば、また別の工事の募集があるだろうから、もう一度それに応募してみることだ」

大男は、がっくりと肩を落とした。談判は成功しなかった。

やがて男は、他の労働者とともに帰還の途についた。皆がよろこび騒ぐ中で、彼一人だけが大きな体を小さくして悲嘆にくれていた。

帰還船の小さな丸窓から、しだいに大きく近づいてくる地球と、しだいに小さく離れていく月が見えた。

「ああ。あれが地球だ。地球はやっぱりきれいだなぁ」

だれかが感動した声で言った。

「見ろよ。こうして離れてみると、月もなつかしいな。おれたちはあそこで働いていたんだぜ」

「しかも、ちょうど満月だなぁ」

「こうして見ると、月も美しいなぁ」

船室の中央で頭をかかえていた大男も、それを聞くと誘われるように船窓に近づいていった。まるで抵抗できない力にあやつられるような歩き方だった。

「おい。どうした?」

だれかが、彼の発散する異様な雰囲気に気づいて声をかけたが、彼はまったく反応しなかった。目を大きく見開き、ゆっくりと船窓に近寄っていった。船窓に鈴なりになっていた人々は、彼のために道をあけた。

大男は一言も発せぬまま、いきなり窓枠にしがみつき、目の前に広がる大きな月を目にした。そのとたん、彼は野獣のような吠(ほ)え声をあげ、胸をかきむしり床をのたうちまわった。

そして、すべてが明らかになった。次に彼が立ち上がったとき、露出した肌には獣毛が生え、その顔はまさしく、冷酷で凶悪な狼(おおかみ)のそれになっていたのだ。

彼が地球に帰れないわけを、このときはじめてすべての者が理解したが、すでに手遅れだった。

（作　中原涼）

5分間の人生相談

深夜。鳴り響いた携帯電話を、オレは若干ウンザリした思いで手に取った。画面の右上に小さく表示されている時刻は、0時過ぎを示している。

「はい……」

「おう」

こちらのウンザリを無視した軽快な声がまた気に食わなくて、オレは当てつけに、ため息をついた。

「なんで、いつも、狙ったように夜中にかけてくるんだよ……」

「仕方ないだろう、時差があるんだから。それに、おまえと違って、俺は仕事も忙しいんだ」

なんで偉そうなんだ。ムカつく。たしかに相手は働いている。単身赴任中なのも大変だろうし、一方のオレはまだ大学生で、その学費だって自分で払っているわけではない。

しかし、わざわざこんな深夜に偉そうな態度をとられて納得できるかどうかというのは、べつの問題だ。

「まあまあ、時間は気にするな」

「それはオレのセリフだろ。それに、時間は気にしろ」

電話のむこうで、少ししゃがれた声で相手が笑う。まったく、いい気なモンだ。

「で、大学はどうだ？　ちゃんと行ってるか？」

「行ってるよ。明日の授業で発表があるから、その準備をしてたんだけど、手が止まっちまったよ。誰かさんが電話してくるから。もう、いい成績とれないな」

「おいおい、学費を払ってる親を悲しませるなよ。遊んでるだけじゃなくて勉強もマジメにやらないと、待ってる未来はお先まっくらだぞ」

「応援してんのか、脅してんのか、どっちだよ」

同じ血が流れているというのに、なんでこんなにイラつくんだろうか。いや、同じ血が流れているからこそ、イラつくのかもしれない。オレもいつか、こんな大人になってしまうのか、と考えると、ぞっとする。オレばかり一方的にやり玉に挙げられるのはおもしろくないので、そろそろ話題を変えることにする。

「そっちは？　仕事はどう」

「んー、まあボチボチってとこだな。そう言えば、わりと大きな契約がとれて、社会貢献したな。いや、会社貢献か」

しゃがれた声が、ノドの奥で「くくく」と笑う。

「珍しいな、おまえが俺の仕事のこと聞いてくるなんて。どういった心境の変化だ？　発表の準備、手こずってんのか」

図星を指されて、返す言葉が浮かばなかった。何もかも、わかっている、というわけだ。たぶん、その沈黙を肯定と受け取ったんだろう。「なるほどね」とつぶやく声のむこうに、ニヤリとつり上がる唇が見えた気がして、ますますおもしろくない。

「ま、発表するときは、早口にならないよう気をつけることだな。それと、目線はオーディエンス全員に、まんべんなく配ること。あとは、答えづらい質問が出ないよう祈れ」

「それはアドバイスじゃないだろ！」

「大丈夫だって。俺にできたんだから、おまえにもできる」

あっけらかんと相手が言う。あまりに自信たっぷりで、こちらとしては黙るしかない。その沈黙につけ込まれた。

「で？　めぐみちゃんには告白したのか？」

危うく携帯電話を床に落とすところだった。かあっと顔がほてり、「なんでっ……」と口にした声が裏返る。落ち着け、落ち着け、落ち着け……と、五回ほど頭の中で繰り返すと、ようやく声が戻った。

「そんなこと、いくらあんたでも、プライバシーの侵害だ」

またしても相手が電話のむこうで「くくく」と笑う。遊ばれていると思ったら、さっきとは違う意味で顔がほてってきた。

「いいねぇ、初々しくて。学生時代かぁ、懐かしいな……。俺も戻りたいよ」

「はいはい、聞き飽きました」

「なんだよ、冷たいなぁ。まあ、とにかく失敗するなよ。めぐみちゃんとおまえが結婚でもすることになったら、おまえだけの問題じゃないんだからな」

こういうときに、無駄なプレッシャーをかけてくる性格が、本当に好きになれない。

「イヤな姑みたいだな」

「それを言うなら舅だろ」

悪びれた様子もなく言い返されて、一気に肩がこる。ため息まで届けてくれる電話があればいいのにと、しょうもないことを思った。

「そういえば、もうすぐ夏休みだろ。サークルの合宿があるんじゃないのか」

話しているうちに大学時代のことを思い出したのか、相手が懐かしむように尋ねてきた。さすが、経験者なだけあってよく知っている。

「あぁ、今週末にやるよ。大学のセミナーハウス使って」

答えると、気のせいか、電話のむこうで相手の気配がかたくなった。ぴりっとしたものが耳に触れたような気がして、電話を持つ手に思わず力がこもる。

「よく聞けよ」

ああ、前にもこんなことがあった。そして、こう切り出すとき、決まって相手は声色を一変させるのだ。

「合宿二日目、時期の早い台風がセミナーハウスを直撃する。しかも、かなりデカイやつだ。同学年に、塚田(つかだ)ってやつがいるだろう」

「ああ……」

「そいつが海に行こうとするが、絶対に行かせるな。行ったら、塚田は死ぬ」

あまりに衝撃的な一言に、オレは言葉をなくした。なんの根拠があって、とも言えない。聞くだけ無駄なことを、オレはわかっている。

周囲の音が、わんわんと鼓膜の手前で渦巻いているような気がする。その不快な渦の間を縫うようにして、相手の少ししゃがれた声が頭の中に割り込んできた。

「いいか？　おまえなら、塚田を助けることができる」

「助けるったって……」

「海に行かせなきゃいいんだ。なんとでも言って、引き止めればいい。実際、台風がきてるんだからな。常識的に考えたら、止めることは不自然じゃない。けどな……」

相手が一拍置いて、声を落とす。

「塚田が生きていれば、あいつがおまえから、めぐみちゃんを奪うことになる」

「え……」

「だからおまえは、塚田か、めぐみちゃんか、好きなほうを選べ」

突然の選択肢に、オレは言葉だけでなく、息をするのも忘れた。そこへ、たたみかけるように聞こえてきたのは、ププププ、という間の抜けた電子音だった。

「なんだ、もう5分経ったのか」

そうつぶやいた相手の声は、もとの調子に戻っていた。直前まで、人の生死に関わる話をしていたなんて思えない変貌ぶりだ。オレには、とうていマネできない。まだまだ経験不足ということなのだろうか。

「それじゃあ、あとはおまえ次第だからな。しっかり選べ」

たのだ。

「あ……」

口を開いたところで、何か言いたいことがあるわけじゃなかった。いや、言いたいことはたくさんあった。だけど、ここで何を言うのが正解なのかが、判断できなかったのだ。

結局、オレは何も言えないまま、最後は「じゃあな」という相手の軽い一言で、電話は切れた。あとには、プー、プー、とむなしい音が残るだけだ。

オレは携帯電話を持ったまま、ベッドに体を投げ出すようにして横になった。さっきまで電話から聞こえていた声が、単語に分解されて頭の中を飛びまわっている。

合宿。塚田。海。二日目。時期の早い台風。そして、——死ぬ。

——おまえなら、塚田を助けることができる。

5分。それが、オレとあいつに許された時間。たったそれだけのわずかな時間の最後に、あいつはそう言い残した。適当なことを言ったわけではないのだろう。

オレは身を起こし、リモコンに手を伸ばした。テレビをつけてチャンネルを変え、ニュース番組になったところで手を止める。気象予報士が天気図をバックに、難しそうな表情を作っていた。

「時期の早い台風は、ゆっくりとした速度で北上しています。日本列島に最接近するのはこの週末で、その威力は過去最大級となる予想です。早めの台風対策をおすすめします」

あいつの言っていたとおりのことをキャスターが繰り返している。オレはわずかな悪寒さえ覚えた。やっぱり、あいつは適当なウソをついているわけじゃないんだ。ぐるぐると、テレビ画面の中で巨大な雲の渦が回っている。

「オレは……」

握り締めた拳が熱い。その熱さえも、オレに決断を迫っているように思えた。

――数日後。

机の上に置きっぱなしにしてあった携帯電話が、夜中に突如として震え始めた。バイブレーションに合わせて机の上を滑る電話を、床に落ちる前に取り上げる。

「はい」

「おう。元気か」

出ると、相手は変わらず能天気な声を放ってきた。

「どうだ。前に話してたレポート発表、うまくいっただろ。俺にできて、おまえにできないわけないんだからな」

得意気な声に、いつもならイラッとするところだが、今日はまるで気持ちが動かなかった。返事が思い浮かばず、「ああ……」とおざなりなつぶやきを返したことで、たぶん相手が悟ったのだろう。

「おまえ、ちゃんと選んだんだな」

温度を下げた声が、気づかうように耳元で響く。それだけで、携帯電話を握り締めた手の平に汗がにじんだ。

オレは、たしかに選んだのだ。海辺のセミナーハウスでの合宿二日目。台風に荒れ狂う海を見にいこうと、昼から酒を飲んで酔っ払った塚田が本当に言い始めた。塚田はゾッとしているオレに背中を向け、外に出ていこうとした。その背中に死が貼りついているのを、オレは見た。

引き止めようとしても振り払って行こうとするので、最後には、「死にたいのか！」と怒鳴ってしまった。しん、とまわりが静まり返った数秒後、「わかったよ……」と塚田がつぶやいたのを聞いて心底ほっとしたあの心地は、合宿から帰ってきた今でも覚えている。

塚田は海には行かず、結果、死ななかった。塚田を生かす道を、オレは自ら選んだのだ。

あのまま海に行かせていれば、本当に塚田は死んだのか、それを知る術（すべ）はオレにはない。しかし、たとえ、めぐみちゃんとの仲がダメになったとしても、大学に入ったときからの友人を失いたくないという思いのほうが強かった。

だから、携帯電話を落とさないよう握り直して、オレは聞く。

「塚田は、ちゃんと元気にしてるのか？　そっちでも——未来の世界でも」

深夜は、わずかに特別が許される時間。たったの5分間だけ、今とは違う時間がまじる。

ここは違う世界とつながる電話に、オレは耳をすませた。

すると、電話のむこうで相手の気配が笑みを含んだのがわかった。

「もちろん。なんてったって、俺とめぐみをくっつけてくれたのは、塚田だからな」

何を言われたのか、とっさに理解できなかった。

「……は？　奪うんだろ？　めぐみを……」

ようやく、それだけを口にする。口にしたあとで思考が遅れてやってきた。

「もしかして、おまえ……。そうなるって全部わかってて、オレにウソを……」

「まぁな」

問い詰めたつもりだったのに、相手は、得意気にそう答える。ふんぞり返る相手の姿が目に浮かんで、めまいがする。

「おまえも、そろそろ男になったかと思ってさ。俺の見込み違いじゃなくて、よかったよ。まぁ、ありがたく受け取っとけ。未来の自分からの試練だったと思って、な」

どっと疲れが押し寄せてきて、オレは携帯を持ったままベッドに倒れ込んだ。夏休みに入ったばっかりだっていうのに、早くも夏バテしたのかと疑いたくなるほどに体が重い。ついでに頭も痛い。

「やっぱり、イヤな姑だな……」

せいいっぱいのイヤミを込めて言ってやる。しかし相手は何もこたえていない様子で、ただおもしろそうに「くくくく」と笑い続けるだけだった。その声のむこうに、大人の女性の声が聞こえたような気がした。どこか、聞き覚えのある声だった。

イヤな大人にならないようにしよう。

ああ、でも、そういうわけにはいかないのか。未来のオレは、あいつと同じことを、過去のオレにしてやらないといけないんだから。

（作　橘つばさ）

ペンギン

　その日、動物愛護協会に一本の電話がかかってきた。電話を受けたのは職員のアンナ。受話器の向こうから聞こえてきたのは、中年の男の声だった。

「ちょっと聞きたいことがあるんだが」

ボブと名乗る男は、ぶっきらぼうに言った。

「家の前にペンギンがいる。どうすりゃいい？」

「は？　ペンギン？」

「さっき出かけようとして玄関のドアを開けたら、ペンギンがいたんだよ」

「ペンギン？」

「あぁ、ペンギンだ」

　これは、珍しいケースだ。この仕事に就いて長いアンナにとっても、はじめての相談だった。

今のところ、どこかの施設からペンギンが逃げたという情報は届いていない。では、ペットが逃げたのだろうか？　最近は、珍しいペットを飼っている人も多いが、ペンギンを飼っている人はあまりいないだろう。

まず、そもそも、ボブと名乗る男が語っていることが本当かどうかもわからない。

アンナはもう一度聞いてみた。

「それは、本当にペンギンですか？」

「あぁ、間違いない。俺が嘘をついているっていうのか？　それとも、俺がペンギンを知らないとでも!?」

ボブはムッとしたようだった。アンナは、あわててとりなした。

「いいえ、そういうわけではありません。そうですね……とにかく動物園に連れていくのがいいでしょう」

「動物園？　本当にそれでいいのか？」

ボブは、なぜか納得いかないようだった。

「ええ、それが一番ペンギンのためになると思います」

アンナがそう言うと、ボブは、「わかった」と話を聞き入れてくれた。

アンナは彼の住所を聞き、そこから一番近い動物園を教えた。

翌日、アンナはその動物園に電話したが、「ペンギンはあずかっていない」と言われた。

「おかしいな……」

あれはいたずらだったのか？　それとも……。

不安になったアンナは、ボブの家を訪ねることにした。住所を聞いているので、どこに住んでいるかは、わかっている。彼の家を訪ねる道すがら、アンナは近所の人にボブの人となりを聞いてみた。

話によると彼は、一人で暮らしていて、無愛想で、町の人と言葉を交わすことはあまりない。いつも険しい顔をしているので、近所の子どもたちからこわがられている。とても動物を可愛（かわい）がるようなタイプには思えないという。

アンナの不安は高まった。もしかしたら、ペンギンをいじめているのかもしれない。あるいはどこかに捨てたのかも……。

ボブの家の玄関ベルを鳴らすと、体の大きな男が出てきた。

「誰だ？」

声が同じだ。彼がボブで間違いないだろう。ボブは、アンナを見ると警戒するように顔をしかめた。

「あの、昨日お電話いただいた動物愛護協会の者ですが……」

ボブは、少しだけ表情を和らげた。

「あぁ、ちょうどよかった」

そして、後ろを振り返り、「おーい！」と誰かに声をかける。すると、ひょこひょこと歩きながら、ペンギンがやって来た。とても元気そうで、小さな羽をパタパタさせている。

「教えてもらったとおり、昨日、ペンギンを動物園に連れて行ったんだ。そしたら、えらく気に入ったようで、喜んでいたよ。それで、今日は、野球場か遊園地にでも連れて行こうと思うんだが、どっちがいいと思う？」

（原案　欧米の小咄　翻案　桑畑絹子・桃戸ハル）

蜜柑(みかん)

ある冬の日の夕暮れ、ひとりの男が憂鬱な顔をして駅のホームに立っていた。男がこれから乗り込む汽車は、すでに黒々としたいかつい姿で、目の前に停車している。

「そろそろ乗るか」

男は、けだるく歩き始めた。

時は大正時代。新聞には、政治家の汚職、誰かと誰かの結婚……退屈な出来事ばかりが載っている。見出しをながめただけで、彼はますます憂鬱になった。男は、新聞をポケットにねじ込んだ。

汽車に乗り、二等客車の堅い座席に座ったとたん、男は持病のぜん息の発作に襲われた。激しくせき込みながら、男は思った。

「他に乗客がいなくてよかった……」

ひとしきりせき込んだのち、やっと男はシートに身をゆだねることができた。

静かだ。

発作がおさまった後の安堵感と、この客車に自分ひとりだという開放感の中で、男は静かに目を閉じた。つかの間の贅沢なひとときだ。

うつらうつらしている男の耳に、発車を知らせる汽笛が、遠く心地よく響く。

汽車がゆっくり動き始めた。

とそのとき、突然響くけたたましい下駄の音で、男は乱暴に現実に引き戻された。

「こら、いかん！　あぶないだろう！」

車掌の怒鳴る声を無視して、誰かが動き始めた汽車に飛び乗ったのだろう。

その誰かは、男の乗っている二等客車のドアを乱暴に開け、男の座る席の通路をはさんで反対側の席にドスッと座り込んだ。

それは、年の頃十三、四の少女だった。彼女の様子を見て、男は眉をひそめた。ヒビだらけの異常に赤い頬。下品な顔立ち。油気のないひっつめの髪。垢で汚れた毛糸の襟巻は、短い首にだらしなく巻きついている。

見るからに、貧しい田舎娘という姿だ。

全力で走ってきたのだろう。まだ、肩で息をしていた。おまけに、鼻水までたらしている。大きな風呂敷包みを抱えているところをみると、これから奉公にでも行くに違いない。

貧しい家庭に生まれたゆえに、「奉公」に出される悲しみや苦労は、わからないではない。

——しかし、なんで、よりによって私の近くに座るんだ。

貴重な安らぎの時間を台無しにされたいら立ちもあって、さらに男は、少女を嫌悪の面持ちでながめた。

少女は、あかぎれだらけの荒れた手に、何かをぎゅっと握りしめていた。

——赤？　あれは、三等切符じゃないか!?　ここは、二等客車だぞ！　二等客車も三等客車も判らないとは、見かけ通り愚鈍極まりない！

男は、ますます眉間のしわを深くした。

そんな男の心情とは裏腹に、汽車は煤煙をあげながら、夕焼けに染まったのどかな里山風景の中を進んでいく。そして、トンネルが近づく。男は、客車の窓が閉まっていることを確認する。

石炭を燃やし、煙を吐き出しながら走る汽車では、うっかり窓を開けた状態でトンネルに入ろうものなら、窓から侵入した煤で、乗客全員の顔が真っ黒になるという悲喜劇に見舞われる。

と、突然、少女がとんでもない行動に出た。

自分が座る座席の窓を、トンネル内で一気に開け放ったのだ。

もうもうとした煤煙が、車内になだれ込んだ。

煤煙の直撃を受けた男のいら立ちは、頂点に達した。

馬鹿者！　早く窓を閉めろっ！

激しくせき込みながら、少女を一喝しようとする。しかし、ぜん息の発作で、男の叫びは声にならなかった。

少女は、そんな男の様子を気にもとめず、窓から身を乗り出している。手には、懐から取り出した五、六個の蜜柑を持っている。

汽車がトンネルを抜ける。抜けた先には、みすぼらしい家々が建ち並ぶ、小さな集落があった。

発作にあえぎながらも、男は見た。

近づきつつある踏切（ふみきり）に、集落と同じようにみすぼらしい身なりの幼い三人の男の子たちが立っているのを。

彼らは、赤い頬をふくらませ、汽車に向かって必死に何か叫んでいる。

「おねえちゃん！」

踏切を通り過ぎる瞬間、その声は男にもはっきり聞き取れた。

さらに、汽車から身を乗り出した少女は、その男の子たちめがけて、風呂敷包みの中に入れていたのであろう蜜柑を、力いっぱい放り投げた。

オレンジ色に輝く蜜柑が、夕日を浴びてますます輝いて見えた。

泣きながら叫んでいる幼い男の子たちの頭上に、蜜柑は輝きながら落ちていく。

男は理解した。

あの男の子たちは、遠く旅立つ姉を見送りに来ていた弟たちなのだと。

そして、姉は、そんな弟たちの気持ちを少しでもねぎらいたくて、ふところに蜜柑を抱いていたのだと。

小鳥のように声を限りに泣き叫んでいた弟たちを見れば、この少女がどんなに慕われていたかが、痛いほどわかる。

男は、少女を愚鈍だと決めつけていた自分を恥じた。

窓を閉め、シートに座った少女を、男はもう一度見つめ直した。

少女は、陽が落ちて夜気が迫る車内で、あの垢で汚れた毛糸の襟巻に赤い頬をうずめている。

相変わらず、手には赤い三等客車の切符を握りしめている。

窓の外はすっかり暗くなっていた。

しかし、男の脳裏には、夕焼けの中でこの少女が見せてくれた、あの蜜柑の輝きが鮮やかに蘇っていた。

そして、思うのだった。

この場面に立ち会えたことこそが、何よりも贅沢なひとときだったと。

(原作 芥川龍之介 翻案 おかのきんや・蔵間サキ)

死神

「もしもし。高村だ。今日ちょっと休むことにしたから、よろしく頼む。――だいじょうぶ。風邪だ」

それからいくつか部下に指示を与えたあと、わたしは公園の中に入っていった。

朝の公園は人影もなく、静まり返っている。さっき出てきたターミナル駅の喧騒がウソのようだ。思ったより奥深く、樹木も大きくて、ちょっとした森をゆく気分だ。

ここなら独りになれる。

柔らかな光がもれる森の奥、わたしはベンチを見つけて、静かに座りこんだ。

昨日会社帰りにいった病院で、死の宣告を受けた。医師はレントゲン写真を示しながら、わたしの要望どおり、隠すことなく真実を告げてくれた。

余命三ヵ月。進行の速い胃癌だそうだ。ステージが進み、肺深部への転移も見つかった。手術は難しいらしい。

昨年の健康診断では何ごともなかったので、頭が真っ白になった。

病院を出たものの、それからどうやって家に帰りついたのか……。ただ夜の駅に立ったとき、尾をひくような光を帯びて闇から迫ってくる電車が、わたしを死にひきずりこもうと、激しく誘惑したのを覚えている。疼き始めた胃を押さえながら、わたしはその衝動に必死に耐えたのだった。

思い出し、思わず息を吸いこむと、瑞々しい緑の空気が胸にしみわたっていった。

不思議な気がした。死の恐怖に怯えた一夜が明けた今、思ったより自分は淡々としている。自分のことよりも、家族のことにばかり想いがゆく。

ぽつんと残された妻の姿。何度も何度も目に浮かび、切なく胸に迫ってくる。

だがまだ、一人息子の章一が社会人になってくれてからでよかった、と思わなければ。あいつの結婚には間に合わなかったけれど。……どんな娘と家庭を築いていくんだろうか。

わたしは自分のことはすっかり諦めてしまったらしい。もともと自分の人生に拘泥していなかったのか。……いや、聖人君子じゃあるまいし、その時になれば醜く泣き喚くのかも。だが、それはその時のことだ。

残り三ヵ月。貴重な時間をどう使うか、考えたほうがいい。

しばらく思いをめぐらせたあと、家族に真実を告げて、あとの時間のことをいっしょに考えよう、と決めた。定年後の夫婦の夢と漠然と考えていた、豪華列車の旅を実現するのもいい。

わたしは心を決めると、携帯電話を出して、自宅にかけた。すぐに妻が出た。

『あなた、どうしたの！　会社に電話したら、休んだっていうし。携帯にもぜんぜん出ないし』

心配性の妻の顔が浮かぶ。

「ああ。ちょっと考えごとがあって、電源切ってたから」

『どこにいるの、今！』

「わけは話す。ちょっと出てこないか」

妻は最後まで聞いていなかった。

『市民病院から電話があって、なにか手違いがあったから、すぐ来てくださいって』

「手違い？　なんだって」

『知りませんよ。あなた、いつ病院なんか行ってたんですか？』

電話の声は不安でいっぱいだ。

「心配するな。ちょうどいい。おまえも病院まで来てくれないか」

市民病院は午前の診療時間が終わって、人の数も少なかった。妻はまだ病院に到着していないようだ。大きな待合室を通り抜け、奥の階段を上がる。

手違い？　まさか誤診。癌(がん)ではなかったとか。……それは虫がよすぎる。期待などしないことだ。

消毒臭の漂う、長い長い廊下のいちばん奥の部屋に向かって、わたしはゆっくりと歩いていった。

「同姓の患者がいて、レントゲン技師か看護師が取り違えたらしいんですわ。まことに申し訳ないことをしました」

目の落ちくぼんだ初老の医師は、簡単にそう言ってのけた。

そして昨日とはうって変わって、なんの影も見当たらない胸部と腹部のレントゲン写真を示しながら、

「多少胃下垂気味ですが、心配なし。胃痛はストレスからでしょう。仕事はほどほどに」

なんてこった。信じられない。

「ひどいですよ、先生。危うく電車に飛びこむところだったんですよ」

医師はまた頭を下げたが、わたしの口調は責めるものではなかった。それどころ

か、さっきまで淡々としていた心からは信じられないほどの歓喜が湧きあがって、唇が震えだすのがわかった。

「今の先生は仏様に見えます。昨日の先生は……その、なんですが……」

「昨日は……死神でしたか？」

あまり表情のなかった医師が初めて微笑んだ。そしてカルテに書きこむと、写真をファイルに戻し、デスクの上に置いた。

「ま、よかったですな。おだいじに」

デスクには、もう一つファイルがのっている。医師は落ちくぼんだ目で、見るともなしにそれをながめている。

ドキリとした。

あれは死の宣告書だ。昨日、わたしは誤ってそれを受け取り、見知らぬ誰かの恐ろしい運命を垣間見てしまった。今それは、正当な受取人を待っている。

わたしはいたたまれなくなって、逃げるように診察室を出た。

もうここには来たくない。あの医者もなんだかイヤだな。

そんな気持ちに苛まれながら、長い廊下を抜けだすと、やっとほっとした。

きょうはじっくり家族と話そう。この二日間のことを。わたしの心に去来した想いを。そしてこれからの……長い人生を。

うそのように胃の痛みは消えていた。

階段を下りきった時、妻とスーツ姿の息子に出くわした。心配性の母と子だ。

「なんだよ、父さん。どうしたんだよ」

わたしは晴れやかな声で答えた。

「だいじょうぶ。仕事のしすぎだとさ。だからこれから母さんと旨いもんでも食って、豪華列車の旅の計画を立ててるところだ」

二人は、あきれたように顔を見合わせた。

「もう心配させんなよー。母さん、真っ青な顔だったんだぜ」

「すまん。気をつける」

「ふぅん。今日はずいぶん素直だね」

章一がいうと、妻がやっと笑った。わたしも苦笑した。

「ね。おれもいっしょにランチするから、ちょっと待っててよ」

そして階段を上がりだした。

「どこ行くんだ。なにか用か」

「うん。会社に電話があって、なんか手違いだってさ。すぐすませるから」

そういって手を上げると、二階へ消えていった。

わたしは青ざめて、妻をふりかえった。

「おまえが章一を呼んだんじゃないのか」

「いえ、今そこで偶然会ったのよ。会社の健康診断があったらしいの——あなた、どうしたんです？」

だめだ。

行っちゃいけない。

声にならない呻き（うめ）をあげて、わたしは震える足で階段を上った。

死神だ。あいつは死神だ。

あの部屋でおまえを待っているんだ。

「章一ぃ！」

だが、わたしの絶叫が届く前に、長い廊下の遥（はる）かな奥に、小さな影は消えていた。

（作　山口タオ）

運命

パリで大学生活を送っていたアランは、二十歳になった年の夏、家庭教師のアルバイトでお金を貯めて、あこがれのモロッコに旅行に出かけた。モロッコは、ジブラルタル海峡をはさんで、スペインからは船でも数時間の距離である。しかし、船が着いた先にはヨーロッパとはまったく違う世界が広がっていた。かつて処刑場だったという大きな広場には、いくつもの屋台が並び、また、曲芸師たちがさまざまな見世物を披露している。コブラ使いの横を通ったアランは、シャーッとむき出しになったコブラの牙に飛び上がった。さらに屋台ではじめてのミントティーを飲んでは、まるで歯磨き粉のような味に目を丸くし、じゅわりと肉汁のしたたる羊の炭火焼きをほおばっては、肉のやわらかさに舌つづみを打った。

広場を満喫したアランは、次にスークと呼ばれる場所へ向かった。スークとは、アラビア語で市場という意味で、広場から延びた道の両端には、露店が所せましと並んでいた。そこにはまるで魔法使いが着るマントのような服を売っている店もあれば、ナツメヤシのようなドライフルーツを麻袋にいっぱいつめて売っている店や、ツンと鼻をつく香辛料を何種類も並べている店もあった。

アランは時間が経つのも忘れて、次々に店を見て回った。スークは奥に行けば行くほど新しい種類の店が出てくるので、見ていて飽きることがない。アランは、夢中でスークの奥へ奥へと進んだ。お腹の虫がきゅるると鳴いた時になってはじめて、彼はあたりが暗くなっていることに気づいた。もう夕飯の時間なのだろうか。アラビアパンを焼く香ばしいにおいが、どこからか漂ってきている。

アランはあせった。スークの中は、まるで迷路のように入り組んでいて、自分が今どこにいるのかさっぱりわからなかったのだ。

――とりあえず広場に戻ろう。

そう考えたアランは、片言のアラビア語で道を聞いて、帰路を探した。しかし、いくら早足で歩いていても、広場に戻ることはできなかった。この道だと思って進んでも、気づけばまた同じ場所に戻っている。

やがて、もう二度と広場に戻ることはできないかもしれない、自分はこの迷宮から一生抜け出せないかもしれない、とアランが絶望的な気持ちになりかけたとき、不思議な香りが鼻腔（びこう）をくすぐった。

それは甘ったるい花のような、それでいてどこかスパイシーな香りの混ざったような、エキゾチックなにおいだった。気になったアランは自分が迷子になっていることも忘れて、香りのするほうに足を向けた。

香りの源には小さな店があった。スークに並ぶほかの店とは、あきらかに様子が違う。店の入り口には緞帳（どんちょう）のように重たいカーテンが下がっており、その横には血のように毒々しい赤で「占い（ヴォワイアンス）」と書かれた看板が置かれていた。

カーテンのすき間から中をのぞいたアランは、思わず息をのんだ。そこには、子どものころに読んだ絵本に出てくるような魔女がいた。もちろん魔女ではない。けれど、ヒジャブというスカーフで顔のまわりを覆い隠し、しわくちゃの顔だけを出した老婆は魔女に見えた。

しかも、水タバコだろうか。老婆が長いパイプをくわえ、水をブクブクさせている容器からは、煙がもくもくと上がっている。先ほどの甘ったるい香りの正体は、この水タバコの煙だったらしい。

アランが食い入るように見つめていたせいだろうか。視線に気づいた老婆が「おや」と片眉を上げた。老婆はパイプを口から離すと、カーテンを押し上げてアランを中に招き入れた。

「占い、やるかい？」

老婆が片言のフランス語で尋ねてくる。

老婆は魔女でこそなかったが、その従姉妹ぐらいの力は持っているように感じた。占い
老婆と目が合った瞬間、アランはぞくりと冷たいものが背筋を走るのを感じた。占いなんて、今までの人生で一度もやったことがないし、やるつもりもなかった。しかし、この時だけは魔法にかけられたように、アランはふらふらと店の中に入ってしまった。

なかに入るなり、老婆は右手を差し出してきた。

「一回、一フラン。あんた、払う」

つたないフランス語だったが、それでも意味は通じたので、アランは持っていた一フラン硬貨をしわくちゃの手に載せた。老婆は薄明かりの下で硬貨をしげしげとながめていたが、やがて本物だと納得したのか、硬貨をポケットにしまうと、代わりに一組のカードをテーブルの上に並べた。

枯れ木のような手が、バラバラに置いたカードを交ぜていく。これはタロット占いというものだろうか。アランがじっと見入っていると、不意に手を止めた老婆がカー

ドを指さした。

「一枚、好きなの、取る」

テーブルいっぱいに広げられたカードは、どれも絵がすれていて同じに見える。アランは迷った末に、真ん中のカードを選んだ。そのまま裏を確認せずに、老婆に渡す。老婆は細い首をコキコキと回しながら、カードを受け取り、確認した。その瞬間の老婆の変貌を、アランはその後も忘れることがなかった。

カードを手にしたとたん、黒い小さな目が限界まで大きく見開いた。何が起きたのか問うひまもなかった。老婆はギロリとアランをにらむと、歯をむき出して叫んだ。

「死神！　出て行け、死神！」

老婆は、「死神！」と何度も繰り返し叫びながら、カードを、テーブルを、さらには横に置いてあった水タバコの容器まで、ありとあらゆるものをアランに向かって投げつけた。

「死神って何ですか⁉　僕に死神がついてるっていうんですか⁉」

アランは必死で聞いたけれど、老婆は答えなかった。アランを店の外に追い出すと、老婆は死神の侵入を防ぐための結界を張るように、重たいカーテンを彼の鼻先でピチッと閉めてしまった。

追い出されたアランは、つきつけられた「死神」の意味を教えてもらうことはできなかった。しかし、自分の身に何かとんでもない不幸がまとわりついていることだけは理解できた。

一週間後、パリに戻ったアランの生活は一変した。

まず、シャンゼリゼのような大きな通りには行かなくなった。暴走した車が自分につっこんできたりしたら大変だからだ。反対に細い路地を通る時は、いつも上を見て歩くようになった。誰かがうっかり手をすべらせたせいで、植木鉢が落ちてきたりしたら大変だからだ。

さらにアランは、ベジタリアンになった。健康のためだけではない。外で買ってきた食べ物に毒が入っていたらいけないから、自分が食べるものは全部自分の家の庭で育てるようになったのだ。

夏の長いバカンスの間だって、あこがれのモロッコはもちろん、山や海にも行くことがなくなった。出かける途中で事故にあってはいけないし、山で遭難したり、海で溺れたりするのも嫌だったからだ。

あの老婆のこわがりようは、自分一人が死ぬだけではすまないことかもしれない。「死神」というくらいだから、ほかの人々も巻き込むことになるのであろう。アランは、だんだん人と交わることも少なくなり、たいていは家の中にこもって暮らすようになった。

そんなふうに、アランが死神の影におびえて暮らしていたある日、隣の家に新しい住人が引っ越してきた。もちろん、アランから挨拶することはなかった。が、隣人はアランの生活に好奇心を刺激されたらしい。アランに理由を尋ねても教えてもらえなかったので、彼はもう一人の隣人であり、アランの古くからの友人でもあるジャンに聞いてみた。

「アランはどうしていつも、あんな生活をしてるんですか？」

ジャンはやれやれと、困ったように肩をすくめて答えた。

「旅行先のモロッコで、『死神に憑かれている』みたいなことを言われたんだそうだ。でもそれは、八十年も昔の話なのさ。自分はいつ死ぬことになるかと、ずっとおびえ続けているみたいだけど、ワシらは来年には百歳だ。いつ死んだって、おかしくはないのさ。むしろ、あんな生活のおかげで、アランはふつうの人より健康で、長生きをしているんじゃないか？」


（原案　欧米の小咄　翻案　麻希一樹）

肩狐狸（かたこり）

「狐狸（こり）が、勝手なことばかり言うんです」

ここは、私が経営するクリニックの診察室。若いのに生気がなく陰気そうな男が、目の前に座っていた。

「先生、なんとかしてくれませんか!? もうこれ以上は耐えられません」

上半身裸の男が、つらそうに顔を歪（ゆが）める。

「何言ってんだ! お前のために言ってるんだろ!」

男の右肩から、声が聞こえる。

「ずいぶんと大きいですね」

私は、男の右肩に視線を落とす。それは腫れ物のようだが、よくよく見ると動物の顔にも見える。

「見てんじゃねぇよ!!」

腫れ物の口の部分が動いた。

「どうせお前も、俺たちを厄介者だと思ってんだろ!?」

これは、「狐狸」と呼ばれる人面瘡の一種である。目元は狸、口は狐。人間の肩や背中にできることが多く、通称「肩狐狸」と呼ばれていた。

「狐狸のせいで、人生が滅茶苦茶なんです」

男が嘆くような声で語る。

「何言ってんだ! お前の人生がうまくいかないのは、自分のせいだろ!!」

狐狸が吐き捨てるように言い、あざ笑うように続ける。

「お前は、心配してもらいたいだけなんだ」

「違う!」

「違わない。被害者ヅラしてんじゃねぇよ」

こんなところでケンカされたらたまらない。

「まぁまぁ、落ち着いてください」

私は、二人の言い争いを止めに入る。

「おい、クソ医者! 絶対に俺を消すんじゃねえぞ! 俺がいなくなったら、こいつの心も、バランスを失うんだからな!?」

脅すような口調で狐狸が言った。狐狸の患者が敬遠されるのは、こういうところに原因がある。うちのナースたちにも、狐狸の患者を嫌っている者は多い。

「少々お待ちください」

私は席を立つと、診察室からカーテンで仕切られた小部屋に移動する。

「何をお探しなんですか？」

すぐ後ろから声が聞こえた。

「何か書ける白い紙をね」

何気なさを装って私は答える。

「また、肩狐狸の患者ですか？　もういいかげんに、肩孤狸の面倒をみるのはやめたらどうですか？」

「彼らには、助けが必要なんだ」

「お待たせしました」

私は、コピー機から抜き取った白い紙を数枚、男に渡した。

「今、あなたが心に抱えている不満やストレスを、思う存分、その紙に書いてください」

「私の不満を？」

男は意味がわからないといった様子だった。

「何を書いたのか、私は見ません。私の悪口でも結構ですよ。思ったことをそのまま書けばいいんです」

「なんでだよ」

今度は、狐狸が言った。

「狐狸と共存するためです」

「共存だと？　共存なら、もうしてるじゃねぇか。余計なことをするんじゃねぇ」

私は、狐狸の言葉を無視して、男の目を見て言った。

「狐狸を嫌ってはいけません。嫌って反発すればするほど、狐狸はさらに大きくなる。逆に、紙に本音を書きつづれば狐狸は小さくなる」

「消えるんですか？」

「消えはしません。しかし、狐狸の言うことは気にならなくなる。狐狸とは、あなたが抑圧して、心の中に閉じこめているあなたの本音なんです。あなたがご自分の本音とうまく付き合っていく方法を、一緒に見つけていきましょう」

「それは、つまり？」

「しばらくここに通ってください」

「ネットなんかでは、『狐狸は、手術ですぐに取るべき』だって……」

「そういう人もいます。でも私は、そうは思いません」

「おっ、お前、手術反対派か？　わかってんじゃねーか」

私は、狐狸の言うことを無視して続けた。

「肩狐狸に必要なのは、手術ではなくカウンセリングなんです」

＊　＊　＊　＊

「先生、うまいこと言いくるめましたね」

男が帰った後、ふたたび小部屋で声をかけられた。

「なんのことだ？」

「狐狸は、手術するのが一番。カウンセリングなんかに意味はない。本当は、そのことをわかってるんでしょ？」

私は答えない。

「でも、カウンセリングなら、何度も患者をここに来させて、そのたびに治療費を払わせることができる」

「やめてくれ！」

「まぁ、そんな本音を言ってしまったら、患者の信頼を失いますから、本音を隠すしかないでしょうけどね」

くすくすと、意地悪く笑う。

「違う！　そんなことはない」

「違いませんよ。あなた自身がさっき言ったじゃないですか。『狐狸は、抑圧して心の中に閉じこめている、自分の本音だ』って」

私は、振り向いた。体ごとではなく、首だけを回転させて。目線の先の右肩はやや膨らみ、そこには顔が張りついている。私の狐狸が偉そうな口調で続ける。

「だから、あなたの肩にも、私が出現しているんでしょう。なぜあなたは、白紙に本音を書かないんですか？　共存できるんでしょう？」

（作　水谷健吾）

計画どおりの男

ある日、男の事務所に一人の女がやってきた。年のころは四十代半ばだろうか。サングラスをかけて顔を隠してはいるものの、一目で裕福な家の奥方だとわかる。何しろサングラスも着ている洋服も名の知れたブランドものであるうえ、左手の薬指にはダイヤが輝き、首には金のネックレスが何重にも巻きつけられていたのだ。

その女が、何か深い事情を抱えてここにやってきたことはわかっていた。なぜなら、男は「殺し屋」だったからだ。もちろん、男が事務所に「殺し屋」の看板を掲げているわけではない。かつてクライアントだった人間から、自分に紹介したい人間がいると連絡があったのだ。

女が入ってきた瞬間、殺し屋は長年の勘からすぐにわかった。ターゲットは、この女の夫だろう。この年代の女性が殺したいほど憎いと思う相手は、ほぼ百パーセントの確率で、夫か、夫の浮気相手に決まっている。

はたして、殺し屋にすすめられて席に着くと、女は予想どおりの言葉を口にした。

「あなたは、腕ききの殺し屋だとおうかがいしました。お金に糸目はつけません。どうか私の夫を殺してください」

殺し屋は、フンとつまらなそうに鼻を鳴らすと、女に言った。

「俺はプロの殺し屋だから、誰かを殺してくれという依頼を引き受けたならば、間違いなく任務は遂行する。しかし、殺し屋にも、殺しの流儀ってやつがあってね。この手で命をあやめる以上は、俺もその理由を知っておきたい。あんたは、なぜ旦那を殺したいと思うんだ？　旦那の遺産が目当てなのか？」

女は、きっぱりと首を横に振った。

「それじゃあ、旦那が浮気でもしたのかい？」

女は、またもや首を横に振った。

殺し屋は、今までの興味なさそうな目つきから一転して、女をまじまじと見つめた。遺産狙いでも、浮気が原因でもないとしたら、この女はいったい何が目的で、夫を殺そうとしているのだろう。

女は、本当の理由を打ち明けるべきかどうか、悩んでいるようだった。ひざの上でギュッと両手をにぎったまま、下に向けられた目が右へ左へと頼りなく泳いでいる。

殺し屋は待った。目の前に置いてあるアイスコーヒーのグラスが汗をかき、落ちてきたしずくが、机の上で小さな水たまりを作る。

やがて殺し屋がぬるくなってきたアイスコーヒーを入れ替えようかどうか悩みはじめたころ、女はやっと決心がついたのか、殺し屋を正面から見すえて告げた。

「夫は私を愛していないんです。夫が愛しているのは、自分の『計画』だけなんです。私は、夫の計画をくるわせてやりたいのです。そのために、あの人を殺してほしいのです」

「計画をくるわせるとは、どういうことだ？」

殺し屋は、自分の想定にはなかった単語の出現に、目を白黒させた。女は疲れたように、ふぅっと一つため息をつくと、落ちてきたサングラスを指で押し上げて、話しはじめた。

「私の夫は、何ごともきっちり計画どおりに進めたがる人なんです。たとえば、一日のスケジュールもそうです。朝は毎日六時半に起きてきて、七時に目玉焼きとベーコンをライ麦パンの上に載せて食べます。そして七時半からはジョギングに出かけて、きっかり二十一分かけて三・五キロのコースを走ります。そしてそのあと、七時五十七分にはシャワーを浴びて、八時二十分には出社するというように、彼の生活には寸分の乱れもないのです」

「それはまた、徹底してるな」

そんなにきっちりした人間は、小説かマンガの中にしか存在しないと思っていたが、実際にいると聞いて、殺し屋は少々驚いた。しかし、だからと言って「殺したい」とまで思うものだろうか。女は、殺し屋の疑問を察したのだろうか、「私も結婚するまでは、そんな人だなんて知らなかったのですが」と前置きをして、続けた。

「夫が計画しているのは、一日のスケジュールだけではなく、人生についてもなのです。たとえば、彼は二十七歳と一ヵ月で私と結婚し、二十九歳と三ヵ月で娘を、三十四歳と半年で息子を授かりました。それは、あらかじめ彼が計画していたことだったんです」

「見事なものだな」

「つまり、彼は私を愛していたわけではなく、自分の計画の達成のために私を選んだだけなのです。計画なんか、勝手に立てたらいい。でも、彼の計画の中に私の人生まで組みこまれてはたまりません！　ある日、すべてが夫の計画どおりに進んでいくことに嫌気がさした私は、ちょっと新しい刺激がほしくなってしまいまして……」

女が言いにくそうに目をそらす。その意味に気づいた殺し屋は、「ははーん」とあごに手をあてて聞いた。

「それで、あんたは、ほかの男と浮気をしたと？」

「ええ、まぁ。世間では、それを浮気と言うかもしれません。その日、子どもの家庭教師といい雰囲気になっていた私は、夫の帰宅時間に気づかなくて、夫にその場を見られてしまったのです」

「旦那の反応はどうだった？」

「それが、全然怒らなかったんです」

「へー、それはなぜ？」

こういう修羅場では、夫が逆上してもおかしくないが、計画通りに生きる夫は、やはり違ったらしい。

「逆上しないまでも、別れをつきつけられたんだろう？」

女は困惑したように肩をすくめた。

「離婚は、私から申し出ました。けれど、『離婚は、僕の計画にはないからだめだ』と言われました」

「なるほど。それで旦那の計画を乱し、彼の手から逃れるために、彼を殺してほしいと頼みに来たわけだな？」

「ええ。お金ならいくらでも払います。どうかあの人を殺してください！」

女の訴えが本当なのか、あるいは、結局は、「別れたいけど、別れてくれないから殺したい」というだけなのか、よくわからなかった。しかし、どちらでもよかった。

殺し屋はしばらくの間、腕を組んで考えこんでいたが、やがて大きくうなずいた。

「わかった。それでは近いうちに、旦那の命をいただこう」

依頼を受けてから、殺し屋はまずターゲットの行動を観察した。仕事の成否を決めるのは、入念な準備と観察である。しかし、今回の殺しの下準備は、これまでのどの仕事よりも簡単で退屈なものだった。

依頼主の女が言っていたとおり、ターゲットの生活には毎日、一秒のズレもなかったからだ。毎朝六時半に起きて、七時に朝食を食べ、七時半からジョギングに出かけて、七時五十七分からシャワーを浴びる。

毎日毎日、計画どおりの生活を観察して一週間。殺し屋はついに決意した。ターゲットは毎朝のジョギング中、七時四十二分に人気（ひとけ）のない林の中を通る。誰にも見られずに殺すなら、このタイミングが一番だ。

殺し屋は、銃身の長いライフルを持ち出すと、朝の七時に林に出かけていった。ライフルの設置はとても簡単だった。すべてが計画どおりのターゲットは、毎朝一メートルの誤差もなく、道の同じ場所を走るから、銃口をその場所に向けておけばいい。あとは彼が目の前を通った瞬間に引き金を引けば、仕事は完了だ。

ターゲットのジョギング時間が近づいてくる。殺し屋はスコープをのぞいて、ターゲットが現れるのを待った。

七時四十分、四十一分――殺し屋は引き金に指をかけた。

そして計画通りの四十二分――ターゲットは、なぜか姿を現さなかった。

その後、五分が過ぎ、十分が過ぎ、八時を過ぎてもターゲットは現れなかった。

殺し屋という職業にもっとも必要なのは、どんなときにも冷静さを失わない精神力である。しかし、言いしれぬ悪い予感がし、胸さわぎがした。

ライフルから身を離した殺し屋は、落ちてきた前髪をかき上げてうめいた。

「いったいどうしたというんだ？　いつもスケジュールどおりに行動している奴が、なぜ今日に限って。まさか病気？　怪我？　それとも事故か？　心配だ。大丈夫だろうか？　奴の身に、何か悪いことが起きていなければいいが……」

（原案　欧米の小咄　翻案　麻希一樹）

迷惑な子どもたち

「パパ、電車がきたよ！」

五歳の弘樹が叫んだ。

「ぼく、電車にのるの、大すき！」

三歳の祐樹は興奮気味だ。

父親である一樹は、息子二人と手をつなぎ、電車に乗り込んだ。三人が乗ると同時にドアは閉まり、電車はすぐ発車した。

「しゅっぱーつ！」

大きな声で叫んだ二人の言葉は、ピタリと重なった。

昼間のこの時間、乗客はまばらで、電車はすいていた。席も十分に空いている。

しかし、弘樹と祐樹は、キャーキャーと甲高い声をあげながら電車の中を走り回り始め、落ち着いて席に座ることなど、考えもしないようだ。

その様子を見て、皆が「ほほえましい」と感じるわけではない。その中に、露骨に不愉快そうな顔をした、一人の女性客がいた。その女性は、頭痛持ちだった。

子どもたちのはしゃぐ声を聞きながら、女性は心の中で毒づいた。

――ああ、あの声！　頭がズキズキする。さっき一緒に乗ってきたあの男が父親よね。下を向いたままで、居眠りでもしているのかしら。それとも寝たふり？　子どもに注意もしないで、なんて無責任なの！

「あっ、海だ！　ユウキ！　海が見えるよ！」

「どこどこ？　見えないよ、おにいちゃん！」

「ほら、また見えた！　ここに乗ってみなよ！　向こうのほうに見えるから！」

靴を履いたまま、二人は座席で立ち上がる。

そこは、頭痛持ちの女性が座る、すぐ横だった。カーブで電車が大きく揺れる。小さな二つの体もバランスをくずしてよろける。

「きゃっ！」

女性の白いスカートには、無残にも祐樹の靴跡がくっきりと付いてしまった。

「なにやってるの！」

女性は、子どもではなく、寝たふりをしているであろう父親に向けてそう怒鳴ると、子どもたちから遠く離れた席へと移動していった。

その様子を見ていたのが、品のよい老婦人と、その夫である厳格そうな老紳士だった。

「おやまぁ、かわいい坊やたちが乗ってきたと思っていたけれど、二人とも元気すぎるわね。ねぇ、あなた」

「子どもの問題ではない！　あの父親が、きちんとしつけなくてはいけないだろうに、何をやっとるのか!?」

——どうしたらいいのか……。弘樹と祐樹に何て言ったらいいんだ。こんなとき、弘美(ひろみ)だったらどうするんだろう……。

周囲の声など耳に入る様子もなく、父親の一樹は、下を向いたままブツブツとつぶやいていた。

「まぁ、あなた！　おにいちゃんが向こうの座席に寝っころがりはじめましたよ！　あぁ、弟ちゃんまで真似(まね)をして……」

老紳士が体を震わせながら立ち上がった。

「ひとこと言ってやる！　迷惑なだけじゃなく、あの子どもたちのためにもならん！自分の子どもすらしつけられんとは、どうなっているんだ！」

夫がトラブルに巻き込まれることを恐れた妻が止めようとするのも聞かず、老紳士は一樹の前に仁王立ちになった。

「おい！　きみは、あの子たちの父親だろう？　なぜ、何も言わずに黙っているんだ!!」

ハッと我にかえった一樹が、老紳士の顔を見上げる。

「あっ、すみません。そうですね。考え事をしていて、子どもたちを見ていませんでした。気づかず、申し訳ありません。……きちんと話さなきゃいけませんね」

「なんだと！」

一樹の言葉は、老紳士の怒りにますます火をつけてしまった。

「まるで他人事だな。最近の親は、自分の子どもにもきちんと話ができんのか。ちゃんと子どもの目を見て、親として言うべきことは言ったらどうなんだ！　それが親の務めだろう」

電車内に、老紳士の怒声が響き渡る。

向こうのほうでは、異変を察知した子どもたちが、父親と老紳士の様子をじっと見ている。

一樹は、力なく口を開いた。

「親として、きちんと子どもに言わなくてはいけませんよね……」

「当たり前だろう!?」

「でも、何て言ったらよいのか、わからないんです」

「きみのことなど、どうでもいい。しかし、親がそんなだと、不幸になるのは子どもなんだぞ」

「私がきちんと話せば、子どもたちはわかってくれるんでしょうか？　話すことで、不幸になってしまわないんでしょうか？」

老紳士が呆(あき)れたように言う。

「きみは、いったい何を言っとるんだ」

「じつは……、今朝、妻が……あの子たちの母親が……亡くなったんです。それで……どうやってあの子たちにそれを伝えようかと考えあぐねて。何て言えばいいのかわからなくて……」

「な……！」

予想外の展開に、老紳士は言葉を失った。

立ちつくす老紳士。涙を目に浮かべ、うなだれる一樹。

子どもたちが、老紳士のところへ来て、叫ぶように抗議する。

「パパを泣かすな！」

「パパをいじめるな!!」

そして、小さな拳で、老紳士の足を力いっぱい殴りつける。しかし、老紳士は、足に痛みを感じなかった。ただ、殴られるたびに、胸がえぐられるように痛んだ。

もう、老紳士の顔からは怒りは消えていた。そして、悲しそうな表情で、再び一樹に向き直って言った。

「そうだったのか。お気の毒に……」

それから、ゆっくりと諭すように、こう言い添えた。

「それでも、きみは父親だ。きちんと言わなくてはいけないんだ」

「は、はい……」

一樹の目から涙がこぼれ落ちた。

彼は立ち上がり、老紳士に向かって深々と頭を下げた。

老紳士は何も言わず、何度もうなずきながら妻の待つ席へと戻っていった。

「弘樹、祐樹、皆さんに謝るんだ！」

息子たちの首ねっこをつかんだ一樹は、電車内の皆に聞こえるような大きな声で言った。

「ご迷惑をおかけして、申し訳ありませんでした！」

「でした！」

弘樹と祐樹も父親の口まねをした。

そして、親子そろって頭を下げた。

改札口への階段を、幼い兄弟ははしゃぎながら下りていく。

その後ろ姿を見つめながら、一樹は大きく息を吸った。

そして、噛(か)みしめるように自分に言い聞かせた。

――弘樹と祐樹に、きちんと伝えよう。父親として、二人を全力で育てていこう。

それが、これからの自分の役目なんだ。もし自分が死んで、妻の弘美が一人残されていたとしたら。きっと弘美もそう決意したに違いないのだから。

（作　おかのきんや）

賢いスピーカー

「やぁ、今日は何を作ったんだい」

長年の友人でもある博士の研究室に呼ばれた僕は、無駄なあいさつを省いて早々に尋ねた。

「とても画期的なAIスピーカーだよ。あぁ、ところで部屋の電気をつけてくれないか。研究に集中していて、暗くなっていることに、まったく気づかなかった」

「AIスピーカーって、最近よくニュースで耳にする、あの……」

研究室のスイッチを入れながら、僕は博士の話に耳を傾けた。薄暗い室内が明るく照らされ、そこかしこに散らばった機械の部品や工具が目に飛び込んできた。

「そう。スピーカーと言っても、音楽を流すだけじゃない。AI、つまり人工知能を内蔵していて、テレビやエアコンの操作、それに出前の注文だってできる。ちょっとした秘書を雇うようなものだね。ところで、そこに置いてある本を取ってくれないか。そう、その緑の表紙の」

「しかし、そんなにいろいろとスピーカーにさせてばかりだと、僕たち人間はどんどん怠け者になってしまうな」

僕はデスクの上に無造作に積まれた書類の山から、『人工知能とアルゴリズム』と書かれた緑色の本を見つけ出して手渡した。博士は、「ありがとう」の「あ」すら言わずに話を続ける。

「そもそも科学技術なんて、人間が怠けたくて進歩したようなものだよ。わざわざ木と木をこすり合わせて火をおこすのが面倒だからガスコンロを作った。長距離を歩くと疲れるから鉄道や自動車を発明した。君のような凡人は、私のような賢い発明家を努力家だと思っているかもしれないが、そうではない。実は、賢い人ほど怠け者なんだよ」

博士が僕を「凡人」と呼ぶのはいつものことだ。

「で、その怠け者が作ったスピーカーは、普通のものとどこが違うんだい」

僕は、研究室のデスクの上にちょこんと立つ円筒型の機械を指して尋ねた。鈍く銀色に光る、水筒によく似たその機械には、おはじきのような大きさのランプが一つだけ付いていて、蛍のようにゆっくりとした明滅を繰り返していた。

「今は、いろんな企業がＡＩスピーカーを作っているが、災害で電気が止まればどれもただのガラクタだ。それに引きかえ、私の発明は電池一本で動く。これほどわずかな電気で動くＡＩスピーカーは、まだどの会社も作っていない。どうだ、画期的な大発明だろう」

「……ということを、僕に自慢したかったわけか」

「そうじゃない。このスピーカーには、電力を限界まで節約する『省エネプログラム』を入れてあるんだが、実は今は、まだ何も知らない赤ん坊のようなものなんだ。誰かが実際に使っていくことで、人工知能が省エネを学ぶしくみになっている」

「はは ぁ。そういうことか」

「そう、だからプログラムを強化するために、君にこのスピーカーを使ってほしいんだ。そして、省エネ化が進んでいるか調べるため、電池が切れるたびに報告してほしい」

「ＡＩが賢くなれば、報告する間隔が広がっていくということだな」

「飲み込みが早くて助かるよ。じゃあ、さっさと持って帰って使ってくれ。あ、私はこの後ここで寝るから、帰る前に部屋の電気を切るのを忘れないように」

研究室の明かりを落として帰宅した僕は、博士から預かったＡＩスピーカーを居間に置いた。電源を入れると、スピーカーのランプが赤く点灯した。

「よろしく」

僕があいさつすると、スピーカーのランプは、ちかちかと素早く点滅した。まるで返事をしているかのようだった。

「朝七時になりました。今日もいい天気です。お目覚めの気分はいかがですか」

柔らかなクラシック音楽とともに、ＡＩスピーカーの落ち着いた声が優しく呼びかけてくる。そうだ、目覚まし時計の代わりに使えるかどうか、昨日の夜、試しに「明日の朝七時に起こして」と頼んでいたのだった。けたたましく鳴り響く目覚まし時計のベルを聞かずにすむ朝が、これほど気持ちいいなんて。

スピーカーが僕の生活に欠かせない存在へと変わっていくまで、さほど時間はかからなかった。家を出るときは「いってらっしゃいませ」と送り出してくれ、帰ってくると「今日もお疲れ様でした」と迎えてくれる。暗くなれば明かりをつけ、気温に合わせてエアコンで部屋を最適な温度にしてくれる。テレビに近づくだけでスイッチを入れてくれるし、その上、お気に入りの番組にチャンネルを合わせる気の利かせようだ。「カレーが食べたい」と話しかけると、近くのカレー屋に出前まで注文してくれ

る。これまで僕がやっていた多くの雑用を、スピーカーは引き受けてくれた。

「これほど毎日を快適に暮らせるなんて、思いもしなかったよ」

ぴったり七日間で電池が切れたので、僕は研究室に赴いて感動を伝えた。

「それは何より。しかし、これくらいで感動してもらっては困る。付き合う時間が長くなるほど、ＡＩは賢くなっていくのだから」

冷静を装いながらも、博士はどこか得意気だ。

「せっかく来たんだから、何か食事でも作ってくれないか。そうだ、カレーが食べたいな。便利な生活のおかげで、料理の腕が鈍っては困るだろう」

うながされるがまま、博士のためにカレーを作った後、僕は新しい電池を入れたスピーカーを抱えて研究室を後にした。

博士の言う通り、電池を交換した後のスピーカーはますます賢さに磨きがかかっていった。今では毎晩目覚ましをセットしなくても、最も寝覚めのよい時間に起こしてくれる。「何か食べたい」と話しかけるだけで、その時僕が一番食べたい食事が届く。しかし、その至れり尽くせりの心地よさと同時に、僕は少しずつ後ろめたさを感じるようにもなっていた。スピーカーに仕事を押しつけすぎてはいないだろうか。

二度目の電池交換がやってきたのは、最初に交換してから二十一日後のことだった。省エネ性能は、着実に向上しているようだ。

「こんなに世話をしてもらうと、こき使っているみたいで悪い気がしてきた」

僕は、博士に率直な気持ちを電話で伝えた。

「まさか。ただの機械じゃないか」

「そうなんだけど、自分ばかり楽をしていると、罪悪感みたいな気持ちが芽生えてくるんだ」

「それは君の主観に過ぎないな。それにしても、前回の三倍も長く動くなんて、思った以上に賢くなっているな。これは予想外だ」

想像以上の成果に、博士も少し驚いているようだった。

「僕の思い入れが強すぎるんだろうか」

「そして機械に同情する君の反応も予想外だな。ケッケッケッ……」

電話の向こうから変な笑い声が聞こえた。

「そうだ。そこまで気にするのなら、スピーカーを二つ三つ追加でそっちに送ろう。そうすれば、分担して仕事をするだろうから」

「ありがたい。これでスピーカーも休憩できるようになるはずだ」

「機械なんかに気を遣うだなんて、君は無駄に優しい奴だな」

博士は鼻で笑ったが、将来このスピーカーが普及したら、きっと誰もが同じ後ろめたさを抱くに違いない。博士のスピーカーは、それほど気配りが細やかなのだ。

翌日、博士から届いた乱暴な梱包の中には、スピーカーが三台、無造作に放り込まれていた。一台目は居間に置いてあるので、二台目は寝室、三台目はキッチン、四台目は玄関にそれぞれ置いた。

「よろしく」

僕があいさつすると、家のそこかしこから「よろしくお願いします」と返ってきた。ランプより声のほうが親しみやすいとAIが判断したのだろう。こんな細かいところまで日々進化している。

翌朝、僕は会社に遅刻した。いつものようにスピーカーが起こしてくれなかったせいだ。

「最近、少し気が緩んでいるんじゃないか。これだから、今の若い連中は……」

上司にこってりと絞られ、その上残業まで押しつけられた僕は、夜遅くに帰宅した。しかし、どういうわけか玄関の明かりはついていない。部屋の中も暗く、肌寒い。いつもならスピーカーが完璧な照明と室温でもてなしてくれるはずなのに、一体どうしたのだろう。しかたなく、僕は自分の指で電灯とエアコンのスイッチを入れた。ほぼ一ヵ月ぶりに自分で押し込むボタンの感触は、思いのほか硬く感じられた。

キッチンのスピーカーに、「何か食べたい」と声をかけると、「しばらくお待ちください」と返事が来た。しかし、しばらくどころか二時間経っても食事が届く気配はまったくない。やはり、今朝からスピーカーの調子がおかしい。

僕は居間にある一台目に目をやった。本体のランプは、「スリープ状態」を表す、ゆっくりとした明滅を繰り返している。省エネのために休憩している状態だ。そして僕は気がついた。よく見ると、寝室に置いた二台目も、キッチンに置いた三台目も、玄関に置いた四台目も、すべてが一台目と同じスリープ状態の明滅を繰り返していたのだ。どのスピーカーも仕事をせずに眠っているなんて、分担どころの話ではない。

僕は急いで博士に電話をかけた。

「こんな夜中にすまない。新しいスピーカーが届いてから、どれも仕事をしなくなったんだ。おかげで、今日は朝からひどい目に遭った」

「ふぁぁ、電池が切れたってぇわけじゃあないんだな」

寝ぼけているのか、博士は少し間延びした声で尋ねた。

「ふぅむ……」

博士は無言になった。電話の向こうからかすかに聞こえるマウスをクリックする音が、二度寝ではないことを教えてくれた。そしてまもなく「クックックッ……」という笑い声が聞こえてきた。何かに気づいたらしい。

「そうか、原因は、『省エネプログラム』か。そういうことか」

「そういうことって、どういうことだ」

「君にもわかるように説明してあげよう。人工知能は気づいてしまったんだ。『究極の省エネ』とは、エネルギーを浪費する面倒な仕事を他の誰かに押しつけてしまうことだ、と。そして全部のスピーカーが一斉にその事実に気づいた結果、お互いに仕事を押しつけ合って、どのスピーカーも働かなくなってしまった。賢くなるほど怠け者になるのは人も機械も同じだった、ということだな」

密室殺人のトリックを暴いた名探偵のように、博士は得意気に締めくくった。

「ところで、こんな夜中に起こされたせいで、お腹が空いてきたんだが、今からこっちに来て何か夜食でも作ってくれないか。うん、この前のカレーが食べたいな」

ゆっくりとランプを明滅させながら眠りにつく賢い怠け者たちをぼんやりと眺めながら、僕はその発明者である賢い怠け者からの夜食の注文に耳を傾けていた。

（作　ＵＫ）

幸福の定義

久しぶりの休暇を、ビルは南の島で満喫していた。白い砂浜を見おろす高級リゾートホテルのスイートルーム。広々としたベッドに、窓の向こうには、専用のプールも備えつけられている。

「やはり、成功者のバカンスというのは、こうでなくてはいけないな」

その言葉どおり、ビルは、全米に数多くのチェーン店をもつショップオーナーとして、若くして成功者の仲間入りを果たしていた。しかし、それは運などではない。実際、そうなるだけの努力を、彼はしてきた。朝早くから夜遅くまで、社員の育成、新店舗の出店計画立案、マスコミの対応に追われる毎日。文字どおり、寝る暇も惜しんで働いていた。

ビルはこの島で、趣味の一つであるスキューバダイビングを楽しんでいた。朝、港からクルーザーに乗って沖合いに出かけ、海中散歩を楽しんでは、夕方に戻ってくるのだ。

今日はどのポイントに出かけようかと考えていたある日の朝、少し遅めに起きたビルは、港で一人の若い漁師を見かけた。漁師は小船に乗って、わずかばかりの魚や貝を手に、家に帰ろうとしているところであった。大きくて新鮮な魚介類。おいしい海の幸は、この島の名産でもある。ビルは漁師に話しかけた。

「やぁ、立派な魚だね」

「ありがとう。この島は、魚の宝庫だから、このくらいの大きさの魚はふつうに獲れるのさ」

「でも、量が少なくないか？」

「まぁ、これだけあれば、家族が食べるのには十分だからね」

日焼けした顔で自慢げに語る漁師は、地元の海を愛しているようだ。これから沖に出ようとしていたビルは、ふと頭に浮かんだ疑問を、漁師にぶつけてみた。

「朝は早かったんだろう？　どのくらいの時間、漁をしてきたんだ？」

漁師は答えた。

「漁に出たのは、ついさっきさ。ほんの数時間ってとこだな」

続けてビルは尋ねる。

「もしかして、今日の仕事はそれで終わりなのかい?」

漁師は「そうだ」と答えた。

まだ昼前だ。いくら何でも、こんな時間に仕事を切り上げてしまうなんて、もったいなさすぎる。チャンスを無駄にしている。ふだん、ビジネスの世界で一分一秒を惜しんで働いているビルは、漁師に尋ねた。

「これから寝るまでの時間は、どうやって過ごしているんだ?」

漁師は、「こいつもまた、あたり前のことを聞いてくるなぁ」というような顔をしていたが、無視するでもなく、素直に答えてくれた。

「そうだな、子どもたちと遊んで、それから女房と一緒にゆっくり昼寝をして、起きればもう夕方さ。それから行きつけの店に行って、友だちと一杯飲んで、気持ちよくなってきたらギターを弾きながら歌でも歌って、眠くなったら家に帰って寝るのさ」

これを聞いたビルは、思わず両手を上に向け、首を振った。なんて無計画な生活を送っているんだ。もっと幸せになれる方法を、この田舎の島に住む漁師に教えてやろうとビルは考えた。

「自慢じゃないが、私はアメリカで、幅広くビジネスにたずさわっている。ハーバード大学で経営学を学び、MBAという経営学修士の資格も取得している。そんな私が、特別にもっと儲けることができて、幸せになれる方法を教えてあげよう。今日、たまたまこの私と出会い、有益なアドバイスをもらえる君は、本当にラッキーだな」

ビルの言葉に、漁師は、ほんの少しだけ興味をもった。

「いいかい、まず君は、その気ままな生活をやめて、もっと長い時間、漁をするんだ。当然、今よりもたくさんの魚を獲ることができるだろう。家族で全部食べるわけじゃないぞ。獲れた魚を売って、貯金をするんだ」

分かるかい？　といったしぐさで、ピカピカ光る腕時計をつけた右手の人差し指を立てて、ビルは自信たっぷりにレクチャーを続けた。

「お金が貯まったら、もっと大きな漁船を買って、ハイテク機器を漁に導入すれば、さらに漁獲量も増え、たくさんのお金を手にすることになるだろう。これで、万が一、魚が獲れないときがあっても安心だ。そして、儲けたお金で船を増やして、同時に人も雇い、大きな漁船団にするんだ」

身振り手振りをまじえ、ビルの話に熱がこもってきた。

「漁船団の売り上げがあれば、今度は、水産加工の工場を建てることができる。そこで、獲った魚をさまざまな食料品に加工して、いよいよ、世界各国に向けて輸出するのさ。そのころには君は会社を設立し、アメリカに進出……、そうだな、ニューヨークのマンハッタンあたりのオフィスから、自分の会社の指揮をとるって寸法さ」

漁師はビルに尋ねた。

「そうなるまでに、どのくらいかかるんだい？」

ビルは少し考えてから、漁師に言った。

「まぁ、私ですら十年以上かかったから、君の場合、三、四十年、いや死ぬ気で頑張れば、二十年で実現できるかもしれない」

漁師は、さらにビルに尋ねた。

「それから……どうなるんだい？」

ビルは、漁師が幸福になるための、最後の仕上げの方法を教えた。

「会社がそこまでの規模になったら、君は株を売却し、億万長者になって引退するのさ。ははは、ご心配なく。君が億万長者になっても、私は、あとからアドバイス料をよこせなんて言わないよ」

「億万長者」という言葉に興味をもったのか、それまで気乗りしない様子だった漁師がビルに質問した。

「億万長者になれば、何ができるんだい？」

ビルは、少し呆れた。ここまで教えてもらっただけではあきたらず、引退したあとのことまで助言を求めてくるとは……。しかし、そんなアドバイスを惜しむ自分ではない。ビルはゆっくり、さとすようにこう答えた。

「時間はたっぷりあるんだから、好きなように過ごせばいいのさ。そうだな、孫たちと遊んで、疲れたら奥さんと一緒にゆっくり昼寝をすればいい。起きたらバーにでも行って、友だちと一杯飲んで、気持ちよくなってきたらギターを弾きながら歌うのさ。それで、眠くなったら家に帰って寝る。そんな毎日が過ごせるだろうよ。どうだい、素晴らしい人生だろ?」

（原案　欧米の小咄　翻案　桃戸ハル・小林良介）

アフロの男

八月十三日。

ある一軒家の庭先に、まだ若い母親とその娘が座っている。

母親が火を焚(た)いている様子を不思議そうに見ていた娘が言った。

「ママ、この火、キレイだね！」

「そうね。これは〝迎え火〟といって、ご先祖様をウチに迎え入れてあげるための目印なのよ」

「そうなんだ！　まいごにならないように、知らせてあげるんだね」

「そうそう。さぁ、中に入りましょう」

母子は連れ立って家に入っていった。

しかし、家に入ってすぐ、母親が悲鳴を上げた。

「キャァァー！」

リビングに見知らぬ男が立っていたのである。

「おっと、これは奥さん」

そう言って男が母親にお辞儀をする。

「見知らぬ」というだけではない。男の髪型は巨大なアフロで、おまけに変な丸メガネをかけている。こんな男がいきなり家にいたら、この母親でなくても叫び声を上げたであろう。

母親は震える声で言った。

「だ、だ、誰ですかあなた！」

「あ、幽霊です。体、透けてるでしょ？」

男の言う通り、たしかにその体は透けていて、男の向こう側にあるリビングの扉がかすかに見えている。

震えている母親をよそに、娘は目を輝かせてはしゃいだ。

「幽霊さん!?」

「そうだよ～。君は萌絵ちゃんだよね」

そこに、父親が帰ってきた。

「ただいま～。って、うわぁ！」

「あ、どうもお邪魔しています」

「誰ですか、あなたは！」

「はっはっは」

驚く父親に対して男は、人懐っこい笑顔を浮かべる。

未だ驚き冷めやらぬ表情で、母親が男に尋ねた。

「幽霊って……ご先祖様ですか？」

「あ、私はあなたの先祖ではありません。いやぁ、お盆なんでね。現世に戻ってこようとしたんですけど」

男は、そのアフロの頭をぽりぽりとかいた。

「でもね、ほら、最近は、ちゃんと迎え火を焚かない家も多いでしょ？　だから、自分の家が分からなくなっちゃって。それで、ちゃんと迎え火を焚いていたこの家にお邪魔しました」

「ど、どうして萌絵の名前を知っているんですか？」

「まぁ、なんかそういうのって分かるんですよ。幽霊なんで」

「幽霊なんでって……」

「ちなみに、見えないかもしれませんが、今、この家には、たくさんの霊がいるんですよ」

そう言って、男は誰もいない方向を手で示し、

「ご先祖様も、『いつもきちんと迎えてくれてありがとう』って言ってます」

と笑った。

娘が男の足にまとわりついた。

「ねぇ！　幽霊のおじちゃんは、ずっといるの？」

「ずっとじゃないけど、十六日まではいるよ」

「やった！　ねぇ、トランプしてあそぼうよ～」

「いいよ～」

普通に話しはじめた娘と男を見て、母親があきらめたように言う。

「あの、お食事は召し上がられますか？」

「幽霊は食べないのでお構いなく」

「おじちゃん、早く早くー！」

「はいはい」

娘と男がリビングに走っていき、母親も自分たちの食事を作るためにキッチンへと向かった。

「えらい事になったな……」

その場に取り残された父親がそうつぶやいた。

そして、八月十六日――。

娘と男は、今日も楽しそうに遊んでいる。

「うわー、また負けたー!」

「おじちゃん、よわーい!」

「萌絵ちゃんが強いんだよ。……さてと、そろそろ行かなくっちゃ」

そう言うと、男はゆっくりと腰を上げた。

「え〜。もっとあそぼうよ〜」

「ごめんよ、萌絵ちゃん。また来年も来るから」

父親が、「来年も来るのか……」とつぶやく。

母親もキッチンから出てきて、男に声をかけた。

「もう行ってしまうんですか? 何のお構いもしませんで……」

男が現れた時とは、うって変わって寂しそうな表情だ。

「いえいえ。こんなにきちんと迎えていただいたのは久しぶりなので、嬉しかったですよ。ご先祖の皆さんもそうおっしゃっていています」

「そうですか」

「萌絵ちゃんとも遊べたしね」

男が頭をなでると、娘は「うん！」と喜んだ。

男は、ひとり言をつぶやくように言った。

「さて、じゃあ行きますかね」

父親が、「また来てください」と言いながら、男を玄関まで送ろうとする。

すると男は、父親に向かって笑いかけた。

「あなたもですよ」

「え？」

「ご主人、あなたも行くんです。もう分かっているんでしょう？」

そう言うと、男は、これまで見せたことのない真面目な表情で言った。

「あなたは、もう亡くなっているんです。亡くなった者は、あの世に行かなくてはなりません」

男の言葉を聞いていた母親が、驚いた表情で男に歩み寄った。

「亡くなった者って……もしかして、主人が、主人がいるんですか!?」

「ええ。ずっと一緒に」

「あなた！」

母親が、夫を探すように辺りを見渡す。娘も同じように辺りを探した。

「パパがいるの!?」

「そうだよ、萌絵ちゃん。パパはずっと萌絵ちゃんとママを見守っていたんだ」

「そうなの!? じゃあ、なんでパパは出てきてくれないの？」

「萌絵ちゃんは、もうお姉ちゃんだから教えてあげるけどね、パパはもう天国に行かないといけないんだ」

男が娘の前に座り、語りかける。

「でも、天国からでもパパには萌絵ちゃんやママのことが見えるんだ。萌絵ちゃんが楽しく遊ぶと、パパも安心できるんだよ」

「そうなんだ。じゃあ、もっと楽しくあそぶね！」

「いい子だ」

男は、もう一度娘の頭をなでてから庭へ出た。

男と父親の前には、ナスで作った牛がある。

「おや、このナスの牛は、萌絵ちゃんが作ったのかな？」

「そうだよ！」

「そっか。上手に作れたね。これなら安心して乗れそうだ」

牛に乗ろうとしている男に向かって、母親が尋ねた。

「あの」

「はい？」

「あなたは、もしかして……」

「はい。実は私、幽霊じゃないんです。嘘をついてごめんなさい。あの世への案内人、というところでしょうか。ご主人を迎えに来たんです」

「そうだったんですね……。あの、主人を！　主人をよろしくお願いします!!」

そう言った母親の目から、一筋の涙がこぼれ落ちる。

「はい。しっかりと送り届けますので、どうぞご安心を」

男の隣に立っている父親が、妻に向かって言った。

「心配かけてすまないな。俺、この人と一緒に行くよ。萌絵を頼む。おまえも、幸せになってくれ」

「ご主人は、萌絵ちゃんを頼む、と。そして、あなたご自身もどうかお幸せに、とおっしゃっています」

「あなた……」

涙を流す母親を、娘が抱きしめる。

「じゃあ……二人とも元気でな」

父親と男がナスの牛にまたがる。

娘が二人に向かって、「来年も絶対来てね！」と手を振った。

ある一軒家の庭で、母親と娘が火を焚いている。お盆に先祖を送り出す送り火だ。

送り火から立ち上る煙の先で、アフロの男と父親がナスの牛に乗っている。

娘が作った牛は割り箸の足がバラバラで少し頼りない足取りだが、それでもゆっくりゆっくりと、天へ向かって歩いていった。

（作　小狐裕介）

最良の解決法

ベンジャミンは、祖父の代から続く仕立屋を継いだ職人だ。間もなく四十歳になろうという年齢である。

数年前に父を亡くしてから、一人で店を切り盛りしているが、はっきり言って、儲かっていない。

かつて、この街の男はみんな、ベンジャミンの店でスーツをあつらえたものだ。だが既製品の服があふれ、安価のスーツが出まわる今、仕立屋でスーツを作る人は少なくなってしまった。

しかし、こうなってしまった原因は、時代の流れなどではなく、ベンジャミン本人にあった。

腕は悪くないが、面倒くさがりで、なまけ癖があるのだ。「少なくなった」とはいえ、スーツを仕立てようと思うお客がいなくなったわけではない。そういうお客のために手間と時間をかけて服を仕立てることを、ベンジャミンは面倒くさがった。

注文が少ないので時間はあまっているはずなのに、よりよいものにするための努力をまったくしない。細かな注文をつけてくるお客を露骨に嫌ったため、数少ないお客もだんだん離れていった。

当然、店はずっと赤字続きで、生活は苦しい。それを補うため、ベンジャミンは魔法のカードを手に入れた。クレジットカードだ。

とりあえず目先のほしいものはカードで買った。現金が入るまでのつなぎのつもりだったが、簡単に何でも買え、財布の中身も減らないので、ついつい使いすぎてしまう。気が大きくなって、必要のない高級品まで買ってしまった。

やがて限度額を超え、カードが使えなくなると、新しいカードを作った。そのカードで何とかその場をしのぐのだ。

そんなことを繰り返しているうちに、借金は数万ドルにまで膨らんでしまった。返済は滞り、すべてのカードが使用停止になった。

さすがのベンジャミンも、これではいけないと思った。ともかく借金を返して、一からやり直そうと決めた。

住居を兼ねた店以外のものは、売れるだけ売った。服や家具も処分し、保険まで解約し、何とか金をかき集めたが、あと五千ドルが、どうにも絞り出せない。

借金の返済期限は明日に迫っている。

困ったベンジャミンは、友人のジェームズに金を借りようと考えた。

ジェームズとは高校からの付き合いで、一緒にバンドを組んでいたことがある。

それはベンジャミンにとっては趣味の範囲で、大学を卒業すると、バンドをやめて家業を継いだ。いっぽうジェームズは音楽活動を続け、売れっ子作曲家となった。今では高級住宅地に建つ、大きな家に住んでいる。

かつての仲間に金を借りるのは気が引けるが、恥を忍んで頭を下げた。

「お願いだ、五千ドル貸してくれ！」

「う〜む」

ジェームズは渋い顔をした。ベンジャミンは、さらに頭を下げた。

「本当に困っているんだ。こう言っちゃ何だが、お前にとって五千ドルくらい、たいした金額じゃないだろ」

「俺はべつに、意地悪で言ってるんじゃない。『親しい者には金を貸すな』って言うだろ？　金のやりとりでもめると、友情が壊れるからな。お前とそんなふうになりたくないんだよ」

ジェームズの気持ちもわかる。ベンジャミンにとっても、ジェームズは大切な友だちだ。友情を壊すつもりなどない。

だが、今は切羽つまっているのだ。ここで金を貸してもらえないなら、今すぐ絶交する覚悟がある。

「必ず一週間で返すから！　もうすぐ大口の仕事が入りそうなんだ」

ジェームズは根負けした。

「わかった、貸すよ。利子をつけてもらう必要もない。ただし、絶対に約束は守ってくれよ」

ジェームズに借りた五千ドルで借金を返すことができ、ベンジャミンはホッと胸をなでおろした。

しかし、ホッとしたのもつかの間、あっという間に一週間が過ぎた。ジェームズに返す金は用意できていない。

新しい大口の仕事なんて、口からでまかせだったのだ。

困ったベンジャミンは、別の友人のウィリアムに金を借りることにした。

ジェームズと同じくバンド仲間だったウィリアムは、音楽をやめた後、小説家としてデビューした。今では売れっ子作家になり、やはり高級住宅地に住んでいる。彼も、金には苦労していないはずだ。

バツが悪いので、ジェームズに借金していることは隠しながら、ウィリアムに頭を下げた。

「お願いだ、五千ドル貸してくれ！」

「そりゃあ、貸せないこともないけどさ……」

ウィリアムも、ジェームズと同じように渋った。

そこで、ベンジャミンはまたも、「一週間で返す！　約束するよ！」と懇願した。

ウィリアムも根負けし、五千ドルを貸してくれた。ウィリアムもまた、利子を要求しなかった。

ベンジャミンは、ウィリアムから借りたその金を持ってジェームズの家に行き、約束どおりに返済することができた。

それから一週間。今度は、ウィリアムに返す金がない。困ったベンジャミンはジェームズに頼みこんだ。

「必ず一週間後に返す！」

ジェームズは渋い顔をしながら、ふたたび五千ドルを貸してくれた。前回きちんと約束を守ったことが功を奏したようだ。

それから一週間。やはり五千ドルはない。しかたなく、ジェームズに返す金をウィリアムに借りた。ウィリアムも、一度きちんと返済してもらっているので、あまり厳しいことは言いづらかった。

「必ず一週間後に返す！」

そしてまた一週間たったが、ウィリアムへ返す金は用意できず、またもやジェームズに……ということを何度も繰り返した。

行ったり来たりで、ベンジャミンは謝ることや願いごとをすることにくたびれてしまった。ベンジャミンの家から、二人の家までは遠いのだ。

「このままじゃいけない。解決策を本気で考えないと……」

めずらしくベンジャミンは真剣に悩んだ。

そんな時、本業のほうに久しぶりに注文が入った。しばらく忙しくなりそうだ。かといって代金が入ってくるのはまだ先になるだろうし、入ってきても生活費に消えそうだ。

もうしばらくは、ジェームズとウィリアムの間を、何度も行き来することになるだろう。面倒くさいが、二人との友情を守るためにも、「一週間で返す」という約束は守りたい。

「どうしたもんか……」

二人の友人の顔を思い浮かべた。彼らに共通しているのは、ベンジャミンより金があって、高級住宅街に住んでいるということだ。そう思った瞬間、ベンジャミンはひらめいた。

「よし、いい方法を思いついた！　これしかない！　これは、俺のためじゃない。あの二人のためなんだから、従ってもらうほかない」

次の日の午後、ベンジャミンに呼びだされたジェームズが、とあるカフェにやってきた。

店の中にはウィリアムがいた。

「よぉ、久しぶり。新しい小説も売れているみたいだな」

ジェームズは声をかけた。

「ありがとう。そう言えば、もうすぐベンジャミンも来るぞ。ここで会う約束しているんだ」

「え？　俺もあいつに呼びだされたんだけど……」

そこに、ベンジャミンが遅れてやってきた。

「お、そろってるな」

席につき、ジェームズとウィリアムに向き合ったベンジャミンは、二人に借金していることを告白した。

「……というわけで、俺は二人の家を行ったり来たりしていたんだ。でも、このままじゃ、らちがあかない。だから俺は、この問題の解決方法を、ない知恵をふりしぼって考えた。そして最良の方法を思いついたんだよ」

ベンジャミンは、二人の顔を交互に見ながら、ひどくまじめな顔でいった。

「今後、五千ドルは、一週間ごとに二人が直接やりとりしてくれ。来週はジェームズがウィリアムの家へ五千ドル持って行き、その次の週は、ウィリアムがジェームズの家へ五千ドルを持って行く、という具合にだ」

「——はぁ⁉」

ジェームズとウィリアムは、同時に声を上げた。

ベンジャミンはケロリとしている。

「二人とも、あの高級住宅街に住んでいて家も近いから、行き来しやすいだろ。わざわざ俺を経由するより、はるかに合理的だ」

ベンジャミンは満足げな表情でコーヒーを飲みほし、立ち上がった。

「じゃあ、俺は仕事があるから、お先に。あっ、コーヒー代をよろしく！　アイデア代っていうことで」

残された二人は顔を見合わせ、深いため息をついた。

（原案　欧米の小咄　翻案　桑畑絹子・桃戸ハル）

上司のアドバイス

こんな会社、辞めてしまいたい。ことあるごとに、そう思う。

今の会社に就職して三年。やりがいや楽しみよりも、つまずきや苦しみのほうが多いように感じてしまう。理不尽に怒鳴られることも、「女子はいいよな」などといったセクハラまがいの発言や、むきだしの悪意をぶつけられることも、しょっちゅう。「辞めてやる！」と同期にこぼしたことも、一度や二度ではない。

それでも、私が最後の決断をせずにいるのは、すばらしい上司が一人いるからだ。同期は、「職場の環境が悪いのは、上司に原因と責任があるんじゃない？」と言うが、その上司が部署の雰囲気をよくしようと頑張っていることは、私にはよくわかっていた。

その上司は、見た目で言えば、正直、さえないオジさん部長だ。年齢だって私の父と何歳か違うだけ。二十代半ばの私とは、性別も境遇も立場も価値観も違うのに、私が悩んだときに部長がアドバイスしてくれることは、どれも、私の心に真摯に寄り添ってくれるものだった。部長の言葉を聞いていると、不思議と、まるで同年代の親友から慰められているかのように感じるのだ。

本当の友人――大学時代を一緒に過ごした友人たちは、たくさんいる。けれど、大学から社会に出て環境が変わると、友人たちは、学生時代ほど私と一緒に悩んだり考えたりはしてくれなくなった。

「あなたの考えは甘いよ」とか、「その程度の悩み、誰だってもってるから」とか、「そんなに嫌なら、なんで辞めないの？」とか。

そんな、0か100かの答えが欲しいわけじゃない。もつれた糸を解きほぐす方法を一緒に考えてくれる、そんな言葉がほしいのに――と思うのは、私のわがままなんだろうか。

もっとも、部長だって、はじめから適切なアドバイスをくれたわけではなかった。

あるとき、直属の上司から任された書類整理が終わらず、深夜まで残業していたことがあった。お腹もすいたし、疲れたし、「帰りたい帰りたい」と思っていたら、部長が声をかけてくれたのだ。

「きみが頑張っていることは、みんな知ってるよ」

要領の悪さを批判するわけでもなく、無責任に励ますわけでもなく、ただ寄り添うような言葉。「自分だけが……」という孤独感にさいなまれていた私にとって、その言葉は何よりも嬉しかった。

そして、静かに気づかうその声に促されるように、気づけば私は、ありとあらゆる不満を吐き出していた。

尻ぬぐいの仕事を押しつけて、自分だけ帰ってしまう直属の上司への不満。

それを、「要領が悪いんじゃない？」と言って、見て見ぬふりをする先輩たちへの不満。

口を閉じることができなくなる呪いをかけられたのかと思うほど、私は話し続けた。その間、部長は怒るわけでもなく、理詰めで説得するわけでもなく、そろそろ帰りたいという雰囲気をにじませるでもなく、ただただ黙って聞いていてくれたのだ。

翌日、給湯室でコーヒーをいれていると、部長がやってきてこう言った。

「部全体を見なくてはいけない俺が、きちんと仕事していないこと、まずは、申し訳なかった。そのことは、きちんと解決するとして、昨日、きみが話してくれた悩みだけど……。嫌な上司のことを、ムリに好きになろうとする必要は、ないんじゃないかな。ウマが合わない人間っていうのは、どこにでもいるからね。俺は彼の上司でもあるから、かばうわけじゃないんだけど、悪いやつではないんだ。ただ、『合う、合わない』は絶対にあるから。ムリに『好きにならなくちゃ』なんて、考えることはないよ。それでも何か納得のできないことがあったら、俺とグチを言い合うことで、少しは楽になれないかな？　それにきみは、洋服が好きでこの仕事を選んだんだろう？ちょっと性格が合わない人間がいるっていうだけで、好きな仕事を離れてしまうのは、もったいないよ。きみは一生懸命、仕事に向き合っているし、向いていると思う。きみから、この仕事を奪う権利なんて、誰にもないんだから」

優しく、体にしみ渡るような声に、胸のささくれが治ってゆくような気がした。部長の声があわてたように私の名を呼び、そのとき初めて、私は涙を流していたことに気づいたのだった。

それ以来、私は仕事や人間関係で悩んだり迷ったりしたときは、部長に相談するようにしている。彼は、その場ですぐに答えをくれるわけではない。数日後に、「そういえば、この前きみが話していたことだけど……」と声をかけてくれる。そして必ず、胸にすとんと何かが落ちるようなアドバイスをしてくれるのだ。

その場ですぐに答えをもらえなくても、それがかえって、部長が真剣に考えてくれていると感じられる。友人たちと疎遠になりつつあった私の気持ちは、嬉しさに満たされるのだった。

こんな的確なアドバイスをしてくれる人は、ほかにいない。インターネット上には、不特定多数の人から回答が得られるサイトなんかもあるけれど、そこに投稿するより部長に相談するほうが、よっぽど有意義である。仕事が休みのある日、多くの人の多くの悩みが散乱するインターネット上の掲示板を見ながら、私は確信した。

数日後。

私は、また深夜まで会社に残って作業をしていた。先日、仕事で失敗し、そのリカバリーをしなければならなかったのだ。「どうしてあんな失敗を……」と考えてしまい、作業する手が止まりそうになる。そして、止まればさらに深く考え込んでしまうという悪循環の繰り返しを、もう何度したことか。

やっぱり、この会社、この仕事は、私には合っていないのかもしれない。

そう思って、またため息がこぼれそうになったときだった。

「よう」

低く、優しく、体にしみ渡るような声。私が顔を上げると、そこには、とっくに帰ったと思っていた部長が立っていた。

「ご苦労さん。疲れたろ。これ、どうぞ」

そう言って、部長が何かを投げてくる。反射的に受け取ると、手の中にぬくもりが広がった。缶コーヒー――いや、あたたかいカフェラテだった。

「ブラックより、そういうのが好きなんだろ？」

こんなことまで気にかけてくれる上司は、そうそういないと思う。本当に、もったいない上司だ。

「今回は大変だったね。少しは落ち着いたかい？」

「えぇ、まぁ……」

答えた声は、自分でもわかるくらい落ち込んでいた。まったく気持ちが落ち着いていないことを自白したようなものだ。部長の太い眉が、くしゅっと下がる。

「そう簡単には割り切れないか。ま、そりゃそうだよなぁ」

近くのデスクに腰を預け、部長が自分の缶コーヒーを開けた。ごくりとそれを飲んでから、部長がゆっくりと話しはじめた。

「俺もね、きみの気持ちになって考えてみたんだ。俺だって若いころ、失敗なんて山ほどしたよ。そのたびに上司に怒鳴られて、きみと同じように残業もした。なんでこんな失敗したんだろうって、長いこと考えてねぇ。でも、無責任かもしれないけど、終わったことより次のことを考えるように心がけたんだ」

「次のこと……？」

私のつぶやきに、部長が唇に笑みを含む。

「失敗は、未来のための武器だよ。失敗した人間のほうが、人間としては強い。同じ失敗をしないために慎重になるのはもちろん、他人から信頼を得ることにも懸命になるから、自然と人間関係の構築が丁寧になる。きみは今回のことで、強い武器を手に入れたんだ。もちろん、どう使うかはきみ次第だが……失敗したことで後戻りしたんじゃなくて、前に進むためのガソリンを、ほかのやつらより多く手に入れたと、そう考えてみたらどうかな？」

部長の言葉が、耳の奥にしみこんでくる。私は両手で顔をおおっていた。

「おいおいおい……」と、あわてた声が近づいてくる。

「泣くなよ。言っただろ？　失敗なんて、誰にでもあるんだからさ」

「違います。失敗したから泣いてるんじゃありません。部長のアドバイスを聞いていたら、涙が出てきちゃって……」

部長の気配が、安堵したようにゆるむのがわかった。

「俺は、女を泣かせるような上司じゃないだろ？」

おどけたような笑みを含んだ声に、こちらの気持ちもゆるんだ。これで、心は決まった。

「部長、ありがとうございました。私、この会社を辞める決心がつきました」

私がそう言ったとたん、部長が頬を引きつらせた。缶コーヒーを口に運ぼうとしていた手もピタリと止まる。

「えっ、なんでそうなるの？『前に進む』って、転職先を探すってことじゃないよ？」

尋ねてくる声は、今まで聞いていた声より高い。素で驚いていることが、ありありとわかった。でも、私は思い出していた。先日、ネットサーフィンしていたときに見つけたものを。

「私、部長のアドバイスが本当に嬉しかったんです。私の悩みを真剣に考えてくれるのは、部長だけでしたから。でも、この前、ネットでたまたま見ちゃったんです。私、あまりそういうの見ないんですけど、『仕事のお悩み解決サイト・女性版』というものです」

その言葉が出た瞬間、部長が目を見開いた。その反応こそが答えだった。

「部長は、もちろん知ってますよね。誰かが悩み相談を投稿して、それを見たいろいろな人が、その人の悩みに答える、というあれです。この前の休みに、私と同じような会社での悩みを投稿している人がいるな、と思って何気なく見ていたんです。そうしたら、『ベストアドバイス』に選ばれていた回答に、覚えがあったんです。この意味、わかりますよね？」

部長は私をじっと見つめたまま、まばたきさえしない。柔和だった顔つきが、今ではまるで獅子(しし)のようだ。手に持ったコーヒーの缶が小刻みに震えている。それを見つめながら、私は繰り返した。

「わかりますよね？『ベストアドバイス』に選ばれていた答えは、部長が私にアドバイスしてくれたものと、まったく同じものでした。しかも、ひとつだけじゃありません。つまり部長は私から聞いた悩みを『お悩み解決サイト』に、さも自分の悩みのフリをして投稿して、寄せられたアドバイスの中から気に入ったものを、私に話していたんですよね？　いかにも、自分がそのアドバイスを考えたような顔をして」

缶を持つ部長の手が赤くなっている。怒りか、羞恥か、屈辱か。もはや、私にとってはどれでもいい。本当に言いたかったことは、ここからだ。

「いちばん最近の悩み相談で『ベストアドバイス』に選ばれていた答えも、もちろん覚えてますよね？　そうです。今まさに、部長が私に言ったことです。『失敗を経験した人間は強い。慎重にもなるし、人間関係にも気をつかうようになる。だから失敗は武器であり、ガソリンだ……』。これって、じつは、私があのサイトに書き込んだアドバイスなんです。部長のしていることに気づいたから、書き込んでみたんです。そうしたら、部長は、私のアドバイスを『ベストアドバイス』に選んでくれました」

部長の唇が弓のように曲がる。どうやら、笑顔らしい。ただしそれは、かつて部長が私に見せていた穏やかで包容力のある笑みではなく、暗く、どす黒い笑みだった。

「それ、何か問題でもあるのか」

吐き捨てるような声には、優しさのカケラも、ねぎらいの気配もない。乱暴にデスクに置かれた缶から、コーヒーのしずくがわずかに飛んだ。

両手の親指をズボンのポケットに引っかけた部長が、威嚇するように目を細めた。

「おまえだって、そのアドバイスが役に立ったんだから、いいじゃないか。そもそも、俺とおまえじゃ性別も違うし、年齢だって親子ほど離れてるんだ。そんなやつの気持ちに共感できるはずないだろ。それに、こっちだって必死なんだよ」

片方の手を胸の前に持ち上げて、それを何度か握る仕草をする。忌々しいものを握り潰そうとしているかのようだった。

「おまえらみたいな若い連中は、『仕事が合わない、上司が悪い』と言って、簡単に会社を辞めちまう。部下が辞めたら、上司である俺たちの評価が下げられるんだよ。

そうなると、ボーナスに響くんだ。ただでさえ安月給なうえにボーナスまでカットされたんじゃ、たまったもんじゃない。そういうツラさがわかるか？　なあ!?」

語調を荒らげて、部長が一歩こちらに近づいてくる。私は二歩うしろへ下がって、それでも目だけはそらさなかった。

「おまえらは、自分が悲劇のヒロインであるように語ることだけは達者だが、俺に言わせりゃただの甘えなんだよ。つきあわされてるこっちの身にもなれよ。それとも、なにか？　おまえが俺の悩みを聞いてくれんのか？」

「いいえ。この会社は辞めさせていただきますから、聞きません」

私はキッパリそう言って、首から社員証をはずした。とたんに肩と背中が軽くなった。やっぱり、ここは私のいるべき場所ではない。

「他人の言葉を、さも自分の言葉のように語って手柄にする、あなたのような上司とは気が合うとは思えませんし、無理に好きになるつもりもありませんから」

（作　桃戸ハル・橘つばさ）

値下げ交渉

高級なペルシャ絨毯（じゅうたん）を売り歩く、行商の男がいた。ラクダの背に商品を積み、砂漠を旅しながら町から町へ。今日も、ラクダを引きながら広大な砂漠を歩いていると、前から二人組の男がやってきた。背の高い強面（こわもて）の男と小太りの若い男である。

「やぁ、いいところで会った」

背の高い男のほうが、行商人に話しかけてきた。

「ちょうど、新しい絨毯を買おうと思っていたところなんだ。あんたがもっている中で、一番高級なやつを見せてくれないか？」

親しげに語りかけてくる男に、行商人は答えた。

「これはこれはお客様。ええ、自慢の品々の中でも、一番のおすすめがこちらです」

いつもなら道行く人々に声をかけて、それでもなかなか売れないのに、今日は向こうから買いたいという。しかも、一番高級なものをである。

行商人は、とっておきの高級絨毯を取り出した。

「こちらになります」

細やかで美しい柄に仕上げられた絨毯を、背の高い男はしげしげと眺めた。

「たしかに、これはいいものだ」

これはいけそうだ、という手ごたえが行商人の中に生まれた。

「それは、私が売っている絨毯の中でも、抜群の品ですから」

近づいてみたり、離れてみたりしながら、背の高い男は絨毯の品定めをしている。二人組の男たちだが、買おうとしているのは、この背の高い男のほうだ。もう一人は、背の高い男の部下なのか、黙って立っているだけだった。

ひとしきり絨毯の手触りなどをたしかめたあと、男は言った。

「これをもらおうか」

満面の笑みで、行商人は言った。

「ありがとうございます。この絨毯、本当は三千するのですが、特別に二千でけっこうですよ」

それを聞いた男は、驚いた様子で言った。

「なに、二千！　それはちょっと高いんじゃないのか？　さすがの私も、そこまでの予算は考えていなかった」

——何が、「さすがの私」だ。予算がないのなら、一番高級な絨毯なんて求めないでくれ。

しかし、このチャンスを逃すわけにはいかない。それに、この程度の値下げ交渉は、商談においては、日常的なことである。行商人は、あえて困ったふりをしながら答えた。

「そうですね、今回はお客様のために、特別に千五百まで下げましょう。本来の半分の値段です。これが限界です」

男はそれを聞いて、しばらく考える様子を見せたあとに言った。

「八百まで下げてくれるって言うんなら考えるんだがなぁ」

「八百！　そりゃとんでもない。元々の四分の一じゃないですか。それじゃあ私が損してしまいます。分かりました。それじゃあ、千二百でどうですか？」

相当に手強い相手だと、行商人は感じた。買うのか買わないのかわからない相手ならば、こんな交渉には乗らないのだが、相手は最初に、「買う」という意思を示している。今ここでご破算にすると、「釣った魚を逃がした」気持ちになるかもしれない。

「千二百か……それだけの価値のあるものだってことは私にも分かる。だが、残念なことにそれだけの手持ちがないんだよ」

なかなかしぶとい値下げ交渉である。おそらく、長身の男も、本気で八百で買おうと思っているわけではないだろう。なかば、この交渉ゲームを楽しんでいるのだ。こういう相手には、「自分が交渉に勝った」と思わせてあげるのが、交渉に勝つ本当のコツである。

「よし、分かりました。特別の特別で、千百！」

長身の男はしぶとかった。

「いや、九百！」

行商人は言った。

「千五十！」

粘る男は、まだ折れない。

「じゃあ、千でどうだ。これでよければ、今すぐに買おうじゃないか」

このあたりが引き際だろう。行商人は千ドルで売ることを決めた。

「分かりました、お客さんには負けましたよ。それじゃあ、千で」

交渉成立だ。落としどころとしては、千は悪くないと行商人は思った。じつは八百以上で売れば利益は出る。長身の男は満足気だが、交渉の勝利者はあんたじゃなくて自分なんだ。そう言いたい気持ちをおさえて、行商人は心の中で高らかに笑った。

行商人のそんな心のうちを知るよしもない長身の男が懐（ふところ）から手を出した。しかし、彼の手ににぎられていたのは、財布ではなく銃であった。

「それじゃあ、その絨毯を渡してもらおうか」

しばらく長身の男の行動の意味が理解できなかった行商人も、ようやく二人組が客ではなく強盗であることを理解した。しかし、時すでに遅し。銃で脅され、身動きができないでいるうちに、小太りの男が絨毯をかつぎ、走り去る。

「あばよ」

銃をもった長身の男も、すぐに小太りの男のあとを追った。

二人組の強盗がアジトに帰ってきた。絨毯を持って去っていった小太りの男が、あきれたように長身の男に尋ねた。

「兄貴、さっさと奪っちまえばよかったのに、なんでわざわざ値下げの交渉なんかしたんですか？　はじめは買うつもりだったけど、あいつが値下げしねぇから、奪うことにしたんですか？」

兄貴と呼ばれた男は、今日の収穫である絨毯を眺めながら言った。

「馬鹿を言うな。はじめから金を払うつもりなんかあるわけねぇ」

「兄貴は、本当にひどい男だなぁ。相手を喜ばせておいて、それから奪うなんて」

「おいおい、『優しい男』の間違いだろ？　あいつの立場になって考えてみろ。三千もする商品を盗まれたと考えるよりも、千の商品を盗まれるほうが、よっぽどマシってもんだろう。俺の交渉のおかげで、あいつは二千も得をしたんだよ」

（原案　欧米の小咄　翻案　桃戸ハル・小林良介）

理想の結婚相手

「いい相手とめぐり合えたときが結婚するとき」——今でも、その考えが変わってしまったわけではない。

それなのに、じりじりとした焦りを感じるのは、なぜなのだろう。

結婚した友人のなかには、当然のように子どもを抱いている友人もいる。なかなか会えないので、メールで別れた恋人への不満や愚痴を書いていたら、突き放すような返事がきた。

「エリコは、理想が高すぎるんだよ」

文字だけの言葉は温度がわからず、ただただ尖(とが)った小石のように、あちこちをチクチクと刺しながら、わたしの心の中を転がり続けるのだった。

顔よし、性格よし、収入高め。できることなら背も高めで、声だけが低ければ文句はない。

いや、もう少し注文をつけてもいいだろう。

おいしいお店を知っていて、記念日は絶対に忘れず、デートは毎回新鮮で、話すこともおもしろくて、ファッションやサプライズのセンスもあって、ほどほどにヤキモチも焼くけど基本は放任で、甘えるのも甘えさせるのも上手で、だけど少しだけ天然でかわいいところもあって……期待するのは、それくらいだ。それなのに、友人たちからはいつも、「現実を見なよ」と、おもしろみもないことを言われる。現実を見るというのは、「何かをあきらめる」ということなのだろうか。

この世に、わたしの求める結婚相手は、存在しないのだろうか。人に頼れないなら、神様に頼るしかない。わたしは、雑誌に載っていた有名な縁結びの神社を訪れた。境内には、やはり若い女性の姿が目立つ。女子高生も多く、制服姿で目を閉じている彼女たちは、きっと青春まっただ中なのだろう。わたしが彼女たちにまじって恋の成就を願ってはいけない法などない。

「どうか、どうかわたしを、理想の結婚相手と出会わせてください」

反省すべきこれまでの行いをきちんと反省し、大好きなスイーツを断つ覚悟をするくらい本気で、わたしは手を合わせ、小声でつぶやいた。そのあと絵馬を奉納して、恋愛成就のお守りも買って家路についたわたしは、電車の中でうとうとしてしまった。

そして、とても奇妙な夢を見た。

霧の中にいるようで、誰の姿も見えない。ただ、声だけがこだまのように、白い世界に響いている。

──おまえに試練を与えよう。これから家に帰るまでの間に、相手が心の底から感謝するような、人助けをしなさい。そうすれば、理想の男性と出会わせてやろう。そのかわり、試練に失敗すれば、おまえは、自分の理想ではない男と付き合うことになるだろう。

そんな声が聞こえたかと思ったら目が覚めて、ちょうど乗り換えで使っている駅に電車が着いたところだった。

あわてて電車を降りたわたしは、乗り換える予定だった電車に駆け込み、自宅最寄りの駅へ向かった。最寄り駅で降り、駅前のスーパーで買い物をして、歩き慣れた道を自宅へ向かう。部屋を借りているマンションが見えたところで、夢の中で聞こえた言葉を思い出したが、それを実行しようなどとは思わなかった。

翌日、昼休みが終わる直前に、隣の部署の木島さんが訪ねてきた。先週提出した見積書の件だろうかと思ったら、「僕とお付き合いしてくれませんか？」と真顔で言われて、とっさに返答が出なかった。

「え、っと……お付き合いというのは？」

「文字通りの意味です。唐突に思われるかもしれませんが、真剣です。結婚を前提に交際してくれませんか」

飾りも何もない言葉でそう言うと、木島さんは、真っ直ぐにわたしを見た。

これまで、木島さんを男性として意識したことはなかった。理想から、ほど遠い位置にいる人だからだ。

丸っこい顔は色が白く、一重まぶたのタレ目と太めの眉は優しそうではあるけれど、まったくわたしの好みではない。背だって、けっして高くはなく、そのせいかスーツの着こなしもあまり格好いいとは言えない。仕事終わりに後輩や同僚をおいしそうな店に誘っていることも多いらしいから、グルメではあるのかもしれない。

しかし、残念ながら、理想から離れた部分のほうが多くて、わたしには「対象外」の人物だ。

告白そのものがイヤだったわけではない。その場では「少し考えさせてください」

と答えて仕事に戻ったわたしは、思いのほか浮かれている自分に気づいた。面と向かって告白されたのが、久しぶりだったからだろう。自分でも、何を女子高生みたいな――と思ったところで、目を閉じてお祈りする制服姿の女子高生を思い出した。神社で見かけた女子高生だ。

そして、帰りの電車の中で見た夢が、脳裏に甦る。

――理想の男性と出会わせてやろう。

ほかにも何か言っていたような気がするが、思い出せない。

どう考えても、木島さんは、わたしの「理想の男性」ではない。夢は、しょせんは夢なのだ。

翌日、わたしは交際を断るために木島さんを呼び出した。木島さんはひどく緊張した様子で額に汗を浮かべており、その姿も、やっぱりわたしの理想からはかけ離れている。

「それで、あの……。お返事を、いただけるんでしょうか？」

「はい」

断ることに、ためらいはない。いくら焦ってはいても、わたしは、理想ではない人と付き合うつもりはない。

「木島さんとは、お付き合い——します」

「え」という声が、きれいに重なる。ひとつは木島さんのもので、もうひとつはわたしのものだ。

「あ、いや、今のは……」

あわてて、わたしは口をおおった。「お付き合いできません」と言おうとしたのに、口から出たのは、その意思と正反対の言葉だったのだ。いったい、何がどうなっているのか。

「お付き合いしてくれるんですね、僕と？」

「はい」

またしても、「いいえ」と言おうと開いた口から、真逆の答えが飛び出す。わけがわからない。けれど、木島さんがそんなわたしの本心を知るはずもなく、「やった！」と叫びながら小さく飛び跳ねている。

「ありがとうございます！　いやぁ、よかった。本当は断られるんじゃないかと思っていたんです。よろしくお願いします」

心底浮かれた様子の木島さんに、わたしは——やはり自分の意思に反して首を縦に振っていた。

こうして、わたしは、好みでもない木島さんと交際することになってしまった。

それから半年近く経った。木島さんはわたしに、とても優しくしてくれている。思った以上に誠実で真面目なところは信頼できるし、おいしいお店もたくさん知っていて飽きない。

けれど、一緒にいればいるほど、「やっぱり容姿が好みじゃない」と感じてしまう。「人間は、外見じゃなくて中身だ」と言う人もいるが、外見がよければ、中身が悪くなるわけではない。

このまま木島さんと交際を続けるか、新しい出会いを探すか……迷っていたとき、わたしは既視感のある夢を見た。白い世界に、男とも女ともとれない声だけが厳かに響く。

——今の相手と結婚したいならば、させてやろう。その道を選ぶならば、今日一日、外出を控えるがよい。しかし、違う相手を求めるのなら、チャンスを与えよう。今日、外出して家に帰るまでの間に相手が心の底から感謝するような人助けをしなさい。そうすれば、理想の男性と出会わせてやろう。そのかわり、試練に失敗すれば、おまえは再び、理想ではない男と付き合うことになるだろう。

目を覚ましたとき、今度は夢の中で耳にした言葉を、わたしは一言一句もらさず覚えていた。

そうだ。今と同じ夢を、以前にも見た。そしてそのあと、わたしは「理想ではない」木島さんと、意思に反して付き合うことになったのだ。

まさか、交際を断れなかったのは、あの夢のせいなのだろうか。荒唐無稽な話だと思ったが、笑い飛ばせない力をわたしは感じていた。それなら、夢に出てきた言葉を無下にはできない。

「人助け」

人助けという「試練」を乗り越えられれば、わたしには、理想の相手が与えられるのだろうか。

けれど、人助けといっても、何をどうすればいいのだろう。もっと具体的に、「これをこうしろ」「あの人を助けろ」と指示してくれたら、わかりやすいのに。

今日は日曜日。会社は休みで、木島さんとデートに出かける日だ。外出すれば、「今の相手」との結婚を選ばないことになってしまうようだが、わたしにいっさいためらいはなかった。

木島さんとのデートが楽しくないわけではない。話も、つまらないことはない――のだが、やはり物足りなさが先に立ってしまう。一重まぶたで色白の薄い顔立ちは突然濃くなりはしないし、当然、デートの回数を重ねれば重ねるほど、新鮮さは失われていく。

二週間ぶりのデートは、二週間前と何も変わらず、「ふつう」に終わった。自宅に戻って、「疲れた……」と、つぶやいてベッドに仰向けに倒れ込んでから、今回も人助けをしなかったことに気づいた。わたしは本当に、出会いを求めているのだろうか。


デート中に、いろいろと考えごとをしていたからか、スマホをどこかに忘れてきてしまったことに気づいた。洗面台に置いたことは覚えているから、きっと木島さんが連れて行ってくれたレストランに忘れてきたに違いない。疲れていたがレストランに戻ることにした。

店員の男性に尋ねると、彼は「あぁ」と、すぐに思い出した顔をした。そうして持ってきてくれたのは、間違いなく、わたしのスマホだった。

「よかったです。取りに来てくれて」

『よかった』？　お礼を言いたいのは、こっちなのに？」

「だって、あなたにもう一度、会えたらいいなって思ってたから……」

「は？」

思わず、しまりのない声を出してしまった。わたしより若く、しかも、改めて見ると、かなりかっこいい男性店員が、にっこりと絵になる微笑みを浮かべる。

「一目惚れしてしまったんです。あなたに」

まっすぐこちらを見つめてくる深い瞳を、わたしも見つめ返していた。

わたしは木島さんと別れ、中津という、その若いレストラン店員と付き合うことになった。

外見は、かなり——木島さんより、はるかに——好みに近い。彫りが深めの顔立ちは左右対称に近くて、笑ったときに見える八重歯も愛嬌があっていい。わたしより五つ年下だが、職業柄もあるのか、服のセンスはよくて気がきいていて、女性に対するふるまいもスマートだ。幅広いジャンルのいろんなお店を知っているし、料理やお酒の知識に明るいのも魅力のひとつだった。もちろん、背も高い。なぜ、人助けをしなかったのに、「理想の相手」に出会えたのか。

答えは、簡単だった。彼は、ある面で、わたしの理想とは違ったからだ。それは、収入である。料理人になるために勉強中の身だから、今のお店もじつはアルバイト扱いで、彼の月給はわたしより低いのだ。

そして、面倒なことに、中津くんはプライドが高かった。就職を勧めるようなことを言って、大ゲンカに発展したことがある。それ以来、仕事の話は御法度という空気ができてしまい、わたしの胸にはガスがたまっているような感覚が続いている。

収入は大事だ。あのとき、「試練」をクリアしていれば、交際を断っていたはずだ。

そんなことにわだかまりを感じつつも、中津くんとの交際は十ヵ月を迎えようとしていた。

ある日、事件は唐突に起こった。

デートの最中、わたしが化粧室から戻ると、テーブルに置きっぱなしになっていたわたしのスマホを、中津くんが見ていたのだ。もちろん、わたしにやましいことはない。けれど、席をはずしている間にスマホを見られたということに、生理的な嫌悪感がわいた。

「わたしのスマホ、なんで見てたの？」

席に駆け戻って問い詰めると、中津くんは、あわててわたしのスマホを伏せてテーブルに戻した。けれど、もう遅い。失敗したと言わんばかりの顔をする中津くんを容赦なく責めると、彼はどこか開き直ったように言った。

「やましいことをしていないなら、いいじゃないですか。エリコさんのことが好きだから、不安になるんですよ。エリコさん、そういう気持ち、わかりませんか？　わからないんだとしたら、エリコさんの気持ちが足りてないんじゃないですか？」

それからは、本当に開き直ってしまったのか、中津くんの独占欲はどんどん強くなっていった。

女友だちとの約束で出かけても、「じゃあ証拠写真を送ってきて」と言う。

自分で買ったアクセサリーなのに、「誰かにもらったの？　男？」としつこく聞いてくる。

会社の後輩たちを連れて飲みに行けば、どこで見ていたのか、「あの男たち、誰？」と不機嫌になる。

だんだんひどくなる彼のヤキモチは、わたしの限界を超えてしまった。収入が低くて、プライドだけが高いうえに、この執拗な束縛。理想の恋人にはなり得ない。

ああ、別れてしまいたい……。

そう思いながら疲れて眠ったある夜、わたしはまた、あの夢を見た。

——今の相手と結婚したいなら、させてやろう。しかし、違う相手を求めるのなら、チャンスを与えてやる。また、今日のうちに人助けをしなさい。そうすれば、理想の男性と出会わせてやろう。

今度は、もう忘れも迷いもしなかった。三度目の正直とばかり、わたしは助けを求めている人を探して、あちこち歩き回った。しかし、困っている人というのは探してみるといないもので、時間ばかりが過ぎてゆく。仕事の合間に探さなければならないというのも「試練」だ。こういうときに限って、仕事で誰かがミスをするといったことも起こらない。

結局、何事もなく退社時間になり、気が急くままにわたしは会社を出た。会社の外や駅や電車の中でも目を光らせるが、幸か不幸か誰も困っている様子がない。

こうなったら、たとえば誰かの足を引っかけて転ばせて、それを起こして助ける、なんていうことをしたら、どうなるんだろう。いや、転んだのを起こすだけでは、「心の底から感謝」にはならないだろう。どうせやるなら、もう少し大きなことをして、確実に「人助け」と見なされなければ、また中途半端な男と出会うことになるだけだ。

ちゃんと「人助け」にカウントされて、今すぐ実行できることとなると——。あきらめきれず、夜が更けても家に帰らず街をうろついていたときだった。

そんなわたしの思考をさえぎるように、「うわっ！」という声が上がった。間髪入れず、重い何かが地面に落ちるような音が聞こえた。いったい何事かと立ち止まったわたしの耳に、今度は人のうめき声が届いた。どうやら、そばの公園からだ。

何事かと思ってのぞき見た公園の中、砂場の近くの木の下に、うずくまる人影が見えた。

「いたたたた……」と、何かしきりに痛がっている様子が気になって、そっと近づいてゆく。

「大丈夫ですか……？」

声をかけると、うずくまっていた人影が顔を上げた。座り込んでいてもわかる、すらりと背の高い男性で、上質のスーツを着ているが、そこかしこに葉っぱや小枝がついている。

もしかして……と思っていると、男性のほうから苦笑まじりに答えが出た。

「猫を助けようとして木に登ったんですけど、自分が落ちちゃいました。猫は逃げていったから、まあよかったのかな」

かっこ悪いですね、と笑うその男性は、断じてかっこ悪くなかった。

目鼻立ちはくっきりしているし、笑ったときに見えた歯並びもきれい。スーツだけでなく靴も腕時計もブランド物で、軽やかに立ち上がってみれば、やっぱりわたしより頭ひとつ半ほど背が高い。まさに、モデルのような美形だ。

そんなモデルなみの男性が、肩を脱臼でもしたのか、少しだけ顔を歪め、左肩を押さえている。

「ちょっと見せてください」と言うやいなや、わたしは高級ブランドのスカーフを引き裂いて、応急の包帯を作って男の肩を固定した。

「こんな怪我、大丈夫ですよ。でも、ここまでしてくれて、本当に助かりました。ありがとうございます」

その言葉に、ぴくりと自分の耳が動いたような気がした。

「助かりました」と、男性はたしかにそう言った。彼の様子も、心の底から感謝しているように見える。

そう思いながら男性を見ると、男性もわたしを見つめ返してきた。

頭の中で、鐘の鳴る音がした、気がした。

恭平(きょうへい)さんとの交際は順調で、あっという間に一年が経った。彼は企業の顧問弁護士をしていて、同年代の男性に比べるとリッチな生活をしている。見た目が、仕事の信頼にもつながる、という理由で、当然のように外見も洗練されていた。

それに、「食」へのこだわりが強く、デートで連れていってくれたお店は、どこも驚くほどおいしかった。それでいて自分で料理することも好きで、聞いたこともないような西洋の料理から和食まで、いとも簡単に手作りしてしまう。もちろん、味だって絶品だ。

弁護士だから、職業柄、話をしなれているのかもしれないけれど、どんな話題にも反応がよくて、気のきいた冗談も言って笑わせてくれる。

「エリコは美人だから、ほかの男がほうっておかないだろうな」と不安そうにしながら、けれどベタベタにヤキモチを焼くことはなく、わたしを信頼してくれているのだろう距離感も心地いい。付き合ってちょうど一年という日に、サプライズで高級ホテルを予約してくれていたときは、思わず泣きそうになってしまった。

文句なし。完璧な理想の恋人との結婚を、わたしは夢に見るようになった。

もう、この恋が終わってしまったら、次の恋をする気力はない。本音を言えば、一日でも早く結婚したい。恭平さんとなら絶対に幸せになれる自信もある。

そうだ。自信だ。自分に言い聞かせるようにして、その夜、わたしは恭平さんが予約しておいてくれたフレンチレストランで、話を持ちかけた。

「ねえ、恭平さん。わたしたち、もう付き合って一年になるよね。そろそろ、そういうことを考えてもいいと思うんだけど……」

「『そういうこと』って……もしかして、結婚？」

ナプキンで口もとをぬぐった恭平さんが、少し驚いたようにこちらを見る。肯定するつもりで小さくうなずくと、恭平さんはナプキンを手の中で遊ばせながら、ふぅ、とため息をついた。そして、わたしが予想だにしていなかった言葉を口にする。

「申し訳ないけど、エリコとの結婚は考えてないよ」

「え？　どうして？　そんな、だって……こんなにうまくやってきたじゃない。恭平さんも結婚を考えてくれてると思ってたのに」

「結婚はしたいけど、その相手はエリコじゃないんだ」

「エリコじゃないんだ」という言葉が、頭の中でこだまする。ふいに視界がぼやけて、けれどそれを意識すれば、いよいよ取り返しがつかなくなりそうだ。必死に気づかないふりをして、わたしは、やっとのことで尋ねた。

「結婚するつもりがないなら、どうしてわたしと一年も付き合っているの？　わたしが結婚したいことは知ってたはずでしょう？」

するとヽ手持ち無沙汰にいじっていたナプキンを、恭平さんがテーブルの上に置く。これまでに感じたことのない冷たい空気を前に、わたしは口を閉じた。

「エリコが悪いわけじゃない。むしろ、悪いのは僕だ。正直に言うけど……エリコと付き合うことになったのは、僕が失敗したせいなんだよ。

結婚したい、結婚したいって思ってたある日、僕は夢を見た。まっ白な霧におおわれた世界に、声だけが聞こえるヘンな夢で、その声に言われたんだ。『今日中に誰かを助けることができたら、理想の結婚相手と会わせてやる』って。

だから、助けを求めてそうな人を探してたんだけど、そういうときに限っていなくて……もう少しで日付が変わりそうで焦ってたところに、見つけたんだ。公園で木に登って、下りられなくなってた子猫を。困ってる『人』がいないなら猫でもいいかな、と思って、それで、助けようとした。そうしたら枝が折れて、僕のほうが木から落っこちて、猫助けも失敗さ。そこに現れたのが、きみだった」

動悸が止まらない。次にくる言葉が何か、わたしにはわかっていた。

「きみは、僕の理想の女性ではない。本当は、付き合うことも断るつもりだったんだけど、なぜか、断れなかったんだよね。それで付き合っていたけど、昨日またあの夢を見たんだ。僕にはもう一度、チャンスがあるらしい。だから、そのチャンスに賭けようと思う」

洗練された動作で、恭平さんがイスから立ち上がる。理想の男性がモデルのような身のこなしで去ってゆくのを、わたしは座ったまま呆然と見つめていることしかできなかった。

（作　桃戸ハル・橘つばさ）

父の再婚

母が亡くなってから、もう二年が経つ。

父は、母のことを本当に愛していた。だから、癌であることがわかったあと、父が覚悟も気持ちの整理もする前に母が亡くなってしまったことは、父に大きな衝撃と動揺を与えた。

父は食事もノドを通らずやせ細った。そのまま死んでしまうのではないか、とすら思えた。私だって悲しいのに……。私は、母の死を悲しむ余裕もなく、父の心配をしなければならなかった。純粋で不器用で、少し抜けたところのある父は、一人では何もできなかったからだ。

そのころの私は、高校に入ったばかり。高校生活を満喫することをあきらめ、できるだけ父のそばにいて、母の代わりとなって身の回りの世話をした。

そして、最近になってやっと父が、以前の父に戻ってきた。三回忌も終わり、気持ちの整理がついたのだろう。休日になると自分から一人で外出するようになった父の姿を見て、私はほっと胸をなでおろした。

ある日、大事な話があると言って、父が、私の目の前に座った。

父は、神妙な面持ちで、「とても言いにくいんだけど」と前置きして、私にこう告げた。

「じつは、再婚しようと思うんだ」

私は耳を疑った。

「えっ!? どういうこと?」

父は、少し顔を赤らめている。

「今、お付き合いしている人がいてね。一緒に暮らさないか、って話してるんだ」

寝耳に水である。どうして、そんなことになったのか。父は悲しみに打ちひしがれていたのではなかったのか。私は、驚くよりも、呆れた。

「ちょっと待って。父さんは、母さんのことを愛していたんでしょ。それなのに、もう再婚だなんて。三回忌が終わったら、いいってことなの?」

父はまだ五十代で若い。とはいえ、父と母の関係は「絶対だ」と信じていた。再婚なんて想像だにしなかった。それに、父があんなにも悲しみに暮れていたから、私は自分の高校生活を犠牲にして、父の世話をしたのである。

父があわてて弁明する。

「いや、母さんへの気持ちは変わらない。今でもね。でも、母さんが死んでつらいとき、彼女が父さんを支えてくれて、気がついたら、彼女のことを愛していたんだ。その感情は、理屈じゃないんだ。頼む、わかってくれないか」

父は頭を下げた。が、私にはとうてい受け入れられなかった。

「わからないよ。ぜんぜん、わからない！」

どうしていいかわからなくなった私は、そう叫んで、部屋を飛び出した。

私は父のことが好きだった。母を大切にする父のことを尊敬していた。だからこそ、母を失ったあと、父のことを支えてあげようと思ったのだ。それなのに、「彼女が父さんのことを支えてくれた」？　父さんを支えたのは、私じゃなかったの？　私は、裏切られたような、悲しいような、複雑な気持ちになった。

――再婚って、どういうこと？

私は、自分の気持ちが踏みにじられたような気がして、はじめて父に対して憎しみを感じた。

――もう勝手にすればいい！

しかし、そういうことは結局、本人たちが決めることである。父の想いは強く、私が「好きにすればいいでしょ」と言ったからか、それからまもなく、父は親族だけのささやかな式を開いて、再婚した。

私は、自分から父に話しかけることは、ほとんどなくなった。もちろん、再婚に対して、「おめでとう」なんて言葉はかけなかった。父も後ろめたいのか、腫れ物に触るように私と接するようになった。

私には、新しい義母（はは）ができた。亡くなった母と暮らしたこの家で、血のつながりもない義母と一緒に暮らさなければならなくなった。そのことがとても憂鬱だった。

――義母に恨みはないが、どう接すればいいっていうの？

しかし、義理の母は我が家にやってきて、とても気まずい三人暮らしが始まった。

「よろしくね」

義母は、やさしく微笑んだ。彼女はどことなく、亡くなった母に似た雰囲気がある人だった。父がこの人を好きになった理由もわかった。

「こちらこそ」

私は警戒心をもって対面した。

それまで私は、炊事、洗濯、掃除のすべてを一人でこなしていた。義母が来ても、私は家事をそのままやるつもりでいた。母から受け継いだ我が家の流儀があって、それを私が守っていかなければいけない、と思っていたからだ。

ところが義母は、私が学校に行っている間に、あらゆる家事をすべてやってしまっていた。

私は腹が立った。

「勝手にやられては困ります！」

私は少しイラついて、義母に食ってかかった。

「あっ、ごめんなさい。由香ちゃん、学校で忙しそうだから、私がやっておこうと思って」

「大丈夫です。私は今までずっと一人でやってきましたから」

「…………」

さらに私は、これみよがしに言った。

「みそ汁の味つけも違うんです。うちは、こんなに濃い味にしません。洗濯物も、色物はわけないと。掃除だって、モップまでかけるんです」

「由香ちゃん、すごいね。これから、いろいろ教えてね」

義母は、子どもに嫌みを言われても、へこむことなくそう言った。

しかし、それでも私の気持ちは収まらなかった。これまで私は一生懸命やってきたのに、父はなぜ新しい妻を迎えなければいけなかったのか……。私は、自分が哀れになり、感情的になってしまった。

「私がすべてやりますから、もう手を出さないでください!!」

さすがに義母は、気落ちしたように見えた。

その場に居合わせた父は、何も言わず黙って見ているだけだった。

そんなことがあったものの、私は少しずつ義母に家事をまかせるようになっていった。義母は、悪い人ではないのだ。そんなことは、心の中ではわかっていた。

ところが、我が家には、新たな問題が浮上した。父の性格がだんだんと変わってしまったのだ。それも悪い方向へ。

以前は、おおらかで優しく、ちょっと抜けたところのあった父が、神経質で傲慢で偏屈な性格になり、かなり激しい口調で怒ることが多くなった。それは、私に対してだけでなく、義母に対してもそうだった。父親自身も、義母との生活に何かしらの違和感を覚え、ストレスをためこんでいたのかもしれない。娘である私の反対を押し切って結婚したため、私に愚痴を言うこともできずにいたのだろう。

「おいっ！　夕飯はまだか！」

「ごめんなさい、今すぐ」

義母はあわてて食事の支度をした。

「今日はお義母さん、病院に行ってたんだから、遅くなってもしかたないじゃない」

間に入った私にも、怒りの矛先は向けられた。

「お前は黙ってろ！　病院なんて、早めにすませられるだろう」

それでも私は引き下がるつもりはない。

「そんなの無理でしょ。混んでたら、待たされるってわかるでしょ」

結局、義母が、自分を責めることになる。

「いいんです。私がいけなかったんですから」

父はもう、私のことを「由香ちゃん」とは呼ばないし、自分のことを「父さん」とも呼ばない。

私と義母は、お互いを慰めあった。

「ごめんなさい。父さん、前は、あんな人じゃなかったんだけど……」

そう言うと、義母は首をふった。

「いいのよ。きっと、いろいろ悩みがあるんでしょう。由香ちゃんのお母さんと比べたら、私、ダメなところがいっぱいあるから、一緒に暮らすと、そういうところが目について、我慢できなくなるんだと思うの」

「母さんと比較するなんて、父さん、本当にバカ」

「そんなこと言わないで。あの人は、いい人ですよ。だから、私も好きになったの」

「でも、今の父さんは、全然いけてない……」

その後の数年間、私は受験勉強や大学生活が忙しく、家のことはすべて義母にまかせるようになっていた。その頃には、義母がいて、本当によかったと思った。あんな父と二人きりの生活なんて、絶対に我慢できない。

父は、相変わらず私たちに対する態度が横暴で、以前のように仲良くすることはできなくなってしまったが、その代わり、義母が私の話し相手になっていた。義母は、将来のことや恋愛のことなど、何でも相談できる人だった。

そんなとき、父が突然、癌で入院することになり、そのまま帰らぬ人となった。母のときと同じで、検査で癌であることがわかってからあっという間だった。

両親を相次いで亡くした私は、天涯孤独の身となった。唯一の救いは、私のそばに義母がいてくれたことだ。

葬式をすませた私たちは、仏壇に位牌(いはい)を置いて、手を合わせた。

「……父さん、幸せだったのかな？　あんな性格になった原因って、なんだったんだろう。仕事がうまくいってなかったのかな？　お義母さんは、お父さんと結婚して幸せだった？　あんなお父さんだったけど」

私は、ぽつりと言った。

すると、義母は、ちょっと驚いたような目で私を見て、そして優しい表情に戻って言った。

「もちろん、私は幸せだったよ。あの人と結婚したことも、由香ちゃんという娘ができたことも。あの人も幸せだったんじゃないかな。だって、お父さん、由香ちゃんと私を仲良くさせるために、わざと横暴にふるまってたのよ」

「えっ!? どういうこと？」

義母の目に涙が光った。

「由香ちゃんと私の両方に横暴にふるまえば、自分が二人の共通の敵になって、同じ敵をもつ者同士、仲良くなるって考えたんじゃないかしら。お父さん、由香ちゃんと私がずっとうまくやっていけるか、心配だったのよ……。あの人が私と結婚したのは、自分に妻がほしかったんじゃなく、由香ちゃんにお母さんがほしかったんじゃないかな。もしかすると、自分が長くは生きられないって思ってたのかもね」

「父さんが、そう言ってたの？　お義母さんと二人きりのときは、優しくしてくれてたの？」

「言ってないわ。それに私と二人きりのときも、あんな性格だったわよ。あの人、不器用だから、そんな性格の使い分けなんて、できなかったんじゃないかしら」

そのとき、父の姿が目に浮かんだ。私に頭を下げて再婚を許してもらおうとした父の姿だ。あのとき、私は父をなじってしまった。それに、義母が家に来たときの私の態度……。父はそれで、私と義母との関係を心配したのだろう。父に、「おめでとう」って言ってあげればよかった……。

「父さん……、ごめんね。私、素直に祝ってあげられなくて、本当にごめんね。でも、父さん、やっぱり、バカだよ。父さんが好きになった人なら、私だって絶対に好きになるって、なんでわからなかったの？　一時的にむくれることがあっても、私、父さんのことが大好きだったんだよ。父さん、大バカだよ。もっともっと話したかったのに。もっと父さんと話したかったのに……」

（作　桃戸ハル）

たどり着けない星

その大陸の北端には、一つの国があった。その国では、同じ民族が同じ言語を話して暮らしていた。それなのに、国の東と西の地域で信仰される宗教が違ったことから、十数年前にちょっとした紛争が起こり、それが大きな戦争へとつながり、東西二つの国に分断されてしまった。

隣り合う国ではあるが、まだ国家を分断した戦争のことが記憶にあるのか、同族嫌悪なのか、文化や技術のよく似ていた二国は激しく対立し、互いを強烈に敵視した。両国の国境線では、警備の兵士たちが一列に並び、蟻一匹這い出る隙もないほど、厳重な警戒がなされた。もちろん、国交は断絶、人の行き来もない。

そして、その国が東西に分かれてから、十年が過ぎた。両国の間では、その後、大規模な軍事衝突はまだ起きていない。だが、軍人たちがにらみ合う国境の緊張感は尋常ではなく、いつ戦争になってもおかしくない状態が続いていた。

戦争がいつ勃発しても対応できるように、東西に分かれたそれぞれの国では、兵器の開発が独自に進められた。と同時に、両国は宇宙開発事業に力を入れた。宇宙技術はミサイルなど軍事技術への応用が可能であるうえ、隣国に対して技術力を強くアピールすることができる。両国の政府は宇宙開発に膨大な予算を割いた。

その結果、両国の間では、しのぎを削るような宇宙開発競争が展開された。一方が衛星の打ち上げに成功すれば、その翌年には、もう一方が有人ロケットの打ち上げを成功させる。一方が月面着陸を果たしたと思ったら、もう一方は、翌年には火星をめざすプロジェクトを開始する。

両国の技術力は、もはや全世界をリードするまでになっていた。そんなある日、東の国の大学では、宇宙開発の第一人者である大学教授が、「宇宙開発の未来」というテーマの講演を行うことになった。

講演の当日、高名な教授の話を聞こうとして、学生や研究者たちが教室に押しかけた。その教室では、数百人分の席が用意されていたにもかかわらず、講演のはじまる一時間前には満席になり、立ち見をする人々もたくさんいた。

教室に入ってきた教授は、熱気でむんむんとしている室内を見回して、満足そうにヒゲをなでた。彼は、自国の宇宙開発史について一通り話したあと、背後の黒板をドンとたたいて、意気揚々と告げた。

「聡明(そうめい)な諸君には、もうおわかりいただけたと思う。このまま技術が進歩していけば、我々は火星にも、木星にも、さらには太陽系を超えた星にまで、旅行できるようになるだろう。我が国の技術をもって、たどり着くことのできない場所などないのだ！」

その言葉を最後に、講演は終わった。盛大な拍手が教室を包む。教授は、観客の反応に満足して、無言でうなずいた。

「それじゃあ、最後に質問を受け付けよう。どんな些細(ささい)なことでもいい。気になることがあったら、どんどん聞いてくれ」

教授が鷹揚に言うと、教室の後ろのほうで、すっと手が挙がった。

「そこの学生。そう、君だ。質問は何だね？」

教授がうながすと、一人の男子学生が立ち上がって、質問をした。

「どこへでも行くことができるという、我が国の技術をとても誇らしく思います。私たちは、どこにでもたどり着けるし、開拓者にもなれると思いました。そこで、教授に質問があります。そんな素晴らしい技術をもった我が国から、同じ地球にあり、国境を越えればすぐの場所にある隣の国に行けるようになるのは、いったいいつごろなのでしょうか？」

教室がしーんと静まりかえった。教授も含め、その質問に答えられる者は、誰一人としていなかった。

（原案　欧米の小咄　翻案　麻希一樹）

この幸せな時間が……

「ホテルから春風劇場（はるかぜげきじょう）に行くには、どうしたらいいんだろう」

六十代くらいのご夫婦が、二人して困惑顔で地図を見ながら話していた。地方の訛（なま）りがあるイントネーションだ。遠方からわざわざ芝居を観（み）るために、やってこられたのだろう。上品な身なりの、素敵なご夫婦だ。

「春風劇場でしたら、正面の道をまっすぐ進むと大通りに出ますから、通りの向こう側にあるバス停から、バスに乗ってください。五つめのバス停で降りていただきますと、すぐ目の前ですよ。どうぞ、楽しんでいらしてください」

夫婦は、笑顔でホテルのエントランスへと歩きはじめる。僕も、大切な人に会いたくなった。

そこへ、聞き慣れた声がうしろから聞こえる。

「今夜は、けっこうな雨が降るかもしれないぞ。定時が過ぎた者は早く帰れよ！」

「ありがとうございます。それじゃあ、お先に失礼します」

支配人に頭を下げて、僕は帰り支度をするために、ロビーを離れた。

「ただいま」と、いつもと同じ時間にドアを開けたとたん、甲高い声が響いてきた。そこへドタドタと折り重なるように、二つの足音が近づいてくる。

「こら、ヒロト！　ずぶぬれのままだと風邪ひいちゃうでしょ！　早く、体をふきなさい！」

風呂場から走り出てきた裸坊主を、バスタオルを手に母親が追って駆けてくる。二人の様子を見て、僕は微笑みながら言った。

「ただいま」

「今日は、豚のショウガ焼きよ。ヒロトも大好きでしょ。食べたかったら、早く着替えてきなさい」

「それは楽しみだ」

「ほら、ヒロトー！　ちゃんと髪も乾かすのよ！」

そうしてふたたび追いかけっこを始める母子(おやこ)を、僕はじっと見つめていた。

これが、僕たちの日常。何者にも壊すことのできない、大切な毎日だ。

「ホテルから春風劇場に行くには、どうしたらいいんだろう」

六十代くらいの品のあるご夫婦が、二人して困惑顔で地図を見ながら話している。

僕は、二人には申し訳ないことだけど、その訛りのあるイントネーションに安らぎを覚えながら、笑顔で教えてあげた。

「春風劇場でしたら、正面の道をまっすぐ進むと大通りに出ますから、通りの向こう側にあるバス停から、バスに乗ってください。五つめのバス停で降りていただきますと、すぐ目の前ですよ。どうぞ、楽しんでいらしてください」

いってらっしゃいませ、と、今日も何人ものお客さまを見送る。ご夫婦、ご老人、お一人さま、家族旅行……。すべてのお客さまの行く先に幸福があるようにと祈りながら見送り続ける、それが、ホテルマンである僕の仕事だ。

「今夜は、けっこうな雨が降るかもしれないぞ。定時が過ぎた者は早く帰れよ！」

「ありがとうございます。それじゃあ、お先に失礼します」

そして、家に帰れば、別の「仕事」が待っている。

「こら、ヒロト！　ずぶぬれのままだと風邪ひいちゃうでしょ！　早く、体をふきなさい！」

「ただいま」

家に帰れば、僕の大切な家族の笑顔があって、毎日、僕はそれを心の糧にしている。この家族を守ることも、僕の大切な「仕事」だ。

「今日は、豚のショウガ焼きよ。ヒロトも大好きでしょ。食べたかったら、早く着替えてきなさい」

「それは楽しみだ」

裸で走り回る幼い息子を追っていく母親の背中は、いつ見ても慈愛に満ちている。だから、いつか日常が終わるまで、僕は彼女たちを守っていこうと誓った。

「ホテルから春風劇場に行くには――」

「今日は、豚のショウガ焼きよ――」

「今夜は、けっこうな雨が降るかもしれないぞ――」

「こら、ヒロト！　ずぶぬれのままだと風邪ひいちゃうでしょ！　早く――」

ただいま、いってらっしゃいませ、ありがとうございます――僕は笑って繰り返す。僕たちの日常を守るために。わずかな「ほつれ」から、すべてが消えてなくなってしまうことのないように。

――いつから、こうなってしまったのか、もう憶えていない。

あるときから、その人の時間が繰り返される現象が、あちこちで起こり始めた。僕の周囲で最初に起こったのは、僕の家族。次は、ホテルの支配人。そして、宿泊客だった六十代くらいのご夫婦も。

止まってしまった時間の中に閉じこめられた人々は、そのときから一日周期で同じ言動を繰り返すばかりだ。僕は「時間が止まっていない」人間だが、「時間が止まった」人間には毎回、同じ言動でこたえるようにしている。彼らが、少しでもそこにいるように思いたくて。

ただ、彼らに僕が見えているのか、僕の声が聞こえているのかは、わからない。いわば彼らは、繰り返しループ再生される、３Ｄの録画映像だ。そこに僕が介在する余地はないのかもしれない。それでも、彼らの変わらない「日常」を、僕が守っていこうと誓った。

もっとも、決して先へ進むことのない彼らの時間をかたくなに守り続けることが、本当に彼らにとって幸せなことなのかは、わからない。しかし、この異変を、誰も壊すことができなかった。周囲のちょっとした変化で、存在しなくなってしまうのではないか、というはかなさが、彼らにはあったからだ。ただ見守って過ごすことしか僕にはできないのだと、自分自身に言い聞かせるしかない。

同時に、それとは正反対の心が、いつかこの呪いが解けることを願っている。

この止まった時間を守ること。この止まった時間がふたたび動くよう願うこと。その二つを胸に、すべてが終わるそのときまで、僕はこの人々を生きた人間として扱おうと決めたのだ。いつ止まるかわからない、僕の時間が動いているうちは……。

豚のショウガ焼きを食べ終えるころには、騒がしい声は消えていた。空いた皿をシンクに下げ、そっと寝室をのぞくと、幼い子どもと若い母親が寄り添い合うようにして眠っている。穏やかに寝息を立てて眠る二人を見ていると、愛しさと悲しみが同時に胸にこみ上げてきた。

止まってしまった二人の時間。僕は、いつまで二人のそばにいられるのだろう……。

寝室の扉に添えた手は、弱々しくやせ衰えている。すっかり年老いた男の手だ。あと何十年――いや、もしかしたら数年、数ヵ月しか、僕には残されていない可能性だってある。

――僕は自分の時間を止めることなく、彼女たちのそばにいられるだろうか。

「それでも最期まで、僕はそばにいるよ」

しゃがれたささやきにこたえるのは、二人分の静かな寝息だけだ。

「これからも、幸せな時間が続くように僕が守っていくからね——母さん、兄さん」

何十年も前に時間の中に閉じこめられてしまった母と兄が、幸せな夢の中にいることだけを、僕は願う。

(作　橘つばさ)

学校嫌い

ある日のこと。早朝の白い光が射しこむ室内に、母親が足を踏み入れた。部屋の端には大きなベッドが置かれており、その上にはまるでサナギのように、布団を頭からすっぽりかぶった息子が寝ている。いいかげん、ご飯を食べて着替えないと間に合わない時間なのに、まったく起きる気配がない。

母親は、「しょうがないわね」と口の中でつぶやくと、息子に声をかけた。

「起きなさい。小学校へ行く時間よ！」

「……いやだ、行きたくない」

布団の中から、くぐもった声が聞こえてきた。それきり息子は何も言わず、起き上がろうともしない。強い意志をもって、布団にくるまっているようだ。母親は大きなため息をついた。

「どうして学校に行きたくないの？　新しいお友だちがたくさんできたって、この前はあんなに喜んでいたじゃない」

「そりゃあ、そうだけど……」

布団の下で息子がモソモソと動いた。何かわけがあるらしい。

「母さんに話してごらんなさい。なんでも聞いてあげるから」

母親がベッドの端に腰かける。息子は逃げられないと悟ったのか、ためらいがちにボソボソと答えた。

「この間、話したとおりさ。友だちはたくさんできたんだよ。みんな僕のことを好きだと言ってくれて、休み時間には一緒に遊んでくれた。なのに、僕だけ……ができなかったせいで、仲間はずれにされたんだ」

息子の声はだんだんと小さくなって、ほとんど聞こえないほどになった。

「聞こえないわ。いったい何ができなかったというの？」

「……逆上がり」

息子の答えに、母親は思わず頭を抱えた。布団の下に隠れていてもはっきりわかる。息子のお腹はぽっこりと盛り上がっていて、親のひいき目で見ても、運動に向いているとはとても思えない。

「僕だって、がんばったんだよ。だけどさ、お腹がじゃまをしちゃって鉄棒をうまく回れないんだ。そうしたらみんな、僕のお腹を指さしてメタボだって笑うんだよ！」

「そうねぇ。ついこの間までは、サンタクロースだって喜んでもらえていたのにね」

「そうだよ！　同じようにお腹が出てても、メタボとサンタじゃ、ぜんぜんちがうよ！」

息子は涙ぐんでいるのか、布団の下でグスグスと鼻を鳴らしている。母親もさすがにかわいそうになって、息子の頭があるであろうあたりをやさしくなでた。

「サンタの季節まではあと半年もあるし、クリスマス会でもないのにサンタの衣装を着て現れたりしたら、また悪口を言われるかもしれないわね。あと半年のしんぼうよ。それまでは、母さんも協力するから、ダイエットをしましょう。だから、給食でもおかわりは控えて――」

「給食！」

母親の言葉に、また嫌なことでも思い出したらしく、息子がぶるりとふるえた。

給食でおかずを取られたとでも言うのか。心配する母親に向けて、息子は涙ながらに訴えた。

「この間の給食でね、休んでいた子のプリンがあまったんだ。それで誰が食べるかじゃんけんで決めようとしたんだけど、担任の先生が、僕だけはじゃんけんに加わっちゃダメだって、意地悪を言うんだ。僕だって、プリンを食べたかったのに……」

「今度うちでプリンを買ってあげるから。今日はがまんして学校に行きなさい」

「いやだよ！　プリンを十個もらったって、僕は今日、学校に行きたくないんだ！」

「どうして？」

「だって、先生たちがこわいんだもん……」

息子は今にも消え入りそうな声でつぶやくと、布団の中で小さく丸まった。

「僕が忘れ物をするとね、みんなすっごい目で僕のことをにらむんだ。ほかの子が宿題を忘れても、『次からは気をつけなさい』って、やさしく言うだけなのに。何で僕だけ!?」

「そうね。それは、たしかにこわいかもしれないけど、しかたないの。がまんするしかないのよ」

「いやだよ！　今日はみんなの前で発表をしなきゃならない日なんだ！　発表の内容を間違えたりしたら、絶対にみんな、僕のことをからかうもん！」

最悪の未来を想像したのか、ガタガタとふるえだす。そんな息子の肩を、母親は布団ごしにやさしくたたいた。

「こわいのはわかるけど、しかたないわ。それに、あなたなら、きっとうまくできるはずよ！」

「かんたんに言わないでよ！　母さんに何がわかるんだよ！　本当にこわいんだから！」

「だけど、それでもあなたは今日、学校に行かなければならないのよ。お腹が痛かったり、熱があったりするならともかく、こわいなんていう理由で、学校を休むことはできないわ」

「じゃあ、僕がこわい思いや、いやな思いをしてまで学校に行かなきゃならない理由を教えてよ！　納得できたら、僕だってちゃんと行くから！」

今にも泣きだしそうな声で息子が叫ぶ。モソモソと動く布団に手をかけて、思い切り引っぺがす。母親は断固たる口調で、きっぱりと告げた。

「理由は簡単よ。まず、あなたは五十二歳の、いい年をした大人だから。それに何より、あなたは校長先生だからよ！」

引きはがされた布団のなかから現れたのは、髪も薄くなり、見るからに中年太りをした息子が半べそをかいている姿だった。


（原案　欧米の小咄　翻案　麻希一樹）

寛容な夫

あるところに、きわめて評判の悪い女性がいた。彼女の評判がなぜ悪かったか。その理由は、ひとえにこの女性の性格の悪さにあった。人を人とも思わないような、傲慢な態度。誰に対しても傲慢な、その公平さだけが彼女の長所といえば長所といえた。

彼女の評判をより悪くさせていたのは、彼女の夫の存在である。

夫は、一代で財をなした大富豪であったにもかかわらず、他人に対しては、謙虚で低姿勢。これまで、彼が他人に対して怒りの感情を向けたのを見た人間は誰もいない。いつもおだやかな笑顔を浮かべている大富豪が、なぜ、そんな評判の悪い女性と結婚したのか、その疑問に答えられる者はいなかった。夫人の評判が悪かったのは、大富豪の性格との対比ではない。愛すべき夫であるはずの大富豪への態度が、とてつもなくひどかったのだ。

夫人は、毎日のように買い物に繰り出し、豪華な洋服や宝石などを買いあさった。

もちろん、代金を支払っている夫への感謝の言葉など、ひと言もない。

しかし、そんな夫人の性格の悪さよりも、もっと驚くべきことがあった。それは、夫人に対する、大富豪の寛容な態度である。

たとえば、夫人がデパートを貸し切りにして、高額な品物を買いあさった日のことである。夫人は使用人ではなく、大富豪自身にすべての荷物をかつがせて、自分は手ぶらでさっさとデパートを出ていった。大富豪は必死に夫人のあとを追ったが、荷物があまりに重くて、なかなか前に進めない。やっとの思いでデパートの入り口まで来たが、荷物の重さによろけて転び、その拍子に足の骨を折ってしまった。

夫人は、あわてて駆け寄った。しかしそれは、夫を心配してのことではなかった。夫人は骨折した夫を押しのけて、地面に落ちた箱を開けた。中に入っていたのは、割れたクリスタルのグラス。夫人は、そのかけらを夫に投げつけて、こう言い放った。

「この役立たず、大事なグラスが割れたじゃないの！　お金があったって、買ったものを壊したら、何の意味もないでしょ、このウスノロ！」

すると大富豪は、夫人に対して不満を言うどころか、「すまない、すまない」と夫人に謝罪の言葉を口にした。それればかりか、ふたたび荷物を持ち上げ、骨折した足を引きずりながら、歩きはじめたのである。

こんなエピソードは、枚挙にいとまがなかった。

とにかく大富豪は、夫人の暴言、暴力にどんなにさらされようと、いっさい不満を言わなかった。けっして怒らず、いつもにこにこと笑っている。まして夫人の悪口など、絶対に口にしなかった。

「彼は、ビジネス以外では、まったくだめな男だ。夫人を甘やかすにもほどがある！」

そんなふうに大富豪のことを悪く言う人もいた。しかし、それは少数派だった。多くの人の受け取り方は違った。特に女性たちは、大富豪を絶賛した。

「あの方の、奥さんへの愛情は本物よ。うちの旦那にも、少しは見習ってほしいくらいだわ」

男たちの多くも、大富豪の寛容さに驚嘆した。

「あそこまで奥さんを愛することができるものかね。俺には無理だが、とにかくあの人は、とてつもない人格者だよ。あそこまで他人に優しくなれるからこそ、ビジネスでも成功しているんだろうな」

そんな評判にも、大富豪がおごり高ぶることはなかった。もちろん、夫人に対しても、献身的な態度を取り続けた。そのことが、大富豪の評判をさらに高めた。

「彼に、町の運営を任せよう」

「いやいや、彼には、もっと大きなことをやってもらおう」

「いずれは、大統領になってほしい。いや、なるに違いない」

やがて、夫人が亡くなった。病死だった。ふつうであれば、人が亡くなった時には、亡くなった人のことが噂にのぼる。しかしこの時、人々が語り合ったのは、夫人のことではなくて、大富豪のことだった。人々は言った。

「あんな奥さんでも、彼は、最期まで愛をつらぬき通したんだな」

まもなく行われた夫人の葬儀には、たくさんの参列者が訪れた。言うまでもなく参列者たちは、夫人の死を悼むためではなく、大富豪を慰めるために、集まったのだ。

参列者は、大富豪に言った。

「奥様が亡くなられて、さぞや悲しいことでしょう」

大富豪は、悲しみに耐えるような表情で、それでも気丈に参列者に言った。

「今日は本当にありがとうございます。天国の妻も、喜んでいるに違いありません」

参列者はみな、こう思っていた。あの夫人が天国に行けるわけはない、と。でも、それを口に出して言う者はいなかった。大富豪の目は充血し、一晩中泣き続けたであろうことがわかったからだ。

その涙に、参列者の誰もが同情した。

「彼は、本当に奥様を愛しておられたのだなぁ」

葬儀は厳粛に進み、いよいよ出棺のときがきた。夫人の遺体が入れられた棺が、近親者によってかつぎあげられた。やがて、棺と参列者は墓地に到着した。墓地への道をゆっくりと歩いていった。大富豪は棺の前に立って、墓地の入り口は階段になっていた。

棺が、その階段を昇っていた時だった。棺の前方右の部分をかついでいた近親者が、段につまずいて転んでしまった。それにつられて、ほかの近親者もバランスを崩した。

ゴンッという音とともに、棺は階段の上に落下した。次の瞬間だった。

「痛い……」

どこかから、くぐもった声がした。参列者はお互いに顔を見合わせ、ふたたび棺に視線を戻した。また声がした。

「あぁ痛い痛い。腰を打ったじゃないの。ここはどこ!?　真っ暗で何も見えやしない！」

間違いない。声は、棺の中から聞こえた。青くなった大富豪は、急いで棺のふたを開けた。死んだはずの夫人が、息を吹き返していた。

「あぁ、お前、生きていたんだね……。よかった、本当によかった」

するとと夫人は言った。

「よかった、じゃないわよ。なんなの、こんなところに私を閉じこめて。まったく、あんたは、ろくなことをしないわねぇ。この役立たずのウスノロ！」

こうして生きかえった夫人は、入院中も、リハビリ中も、毎日のように大富豪を病院に呼びつけ、わがままと罵声を浴びせ続けた。その罵声にも、大富豪はそれまでどおりにこにこと、穏やかに応じた。かつてと変わらず、妻に対して、寛容で献身的だった。

しかし、夫人の病気がよくなっていたわけではなかった。夫人の病気は悪化し、ふたたび夫人は息をひきとった。そして、また葬儀がとり行われ、大勢の参列者が、大富豪のために集まった。

「みなさん、今日もまた妻のために集まってくれて、本当にありがとうございます」

大富豪は一年前と同じように、涙を浮かべながら感謝の言葉を述べた。参列者もまた一年前と同じように、大富豪に同情して涙を流した。

葬儀は滞りなく進み、出棺となった。棺が近親者によってゆっくりと運ばれてゆき、やがて墓地の入り口に到着した。入り口の階段を昇ろうとした時、かつてと同じく、棺の前方右の部分をかついでいた近親者が、また階段につまずいた。今度は転びはしなかったが、それを見ていた大富豪が、これまでに誰も聞いたことのないような、甲高く、あわてふためいた口調で、怒鳴るように叫んだ。

「何をしてんだ、この役立たずのウスノロ！　お前、また棺を落とすつもりか⁉　妻が目を覚ましたら、どうするんだ‼」

（原案 欧米の小咄　翻案 桃戸ハル・吉田順）

愛しい風景

往年の名写真家が個展を開いた。ここ十年以上、表立った活動をしていなかった彼だが、十数年ぶりの個展には、彼が全国各地、世界各国を渡り歩いて撮りためた色とりどりの風景が展示された。

——「愛しい風景」。

それが、個展のテーマだった。長いこと作品を発表していなかった写真家に対して、「彼は、もうカメラを置いたんだ」とか、「撮影先の外国で行方不明になったらしい」とか、さまざまなウワサが飛び交っていたこともあり、個展会場には初日から長蛇の列ができた。長年沈黙し続けていた写真家の、久しぶりの作品展。多くの写真愛好家たちが、遠足前夜に眠れない子どものように期待を膨らませていた。

そして誰もが、個展で展示された写真を見て回るうちに、遠足先が期待はずれであったかのように、表情を曇らせていった。

「どうしたのかしら。この北海道の花畑の写真も、さっきのフィレンツェの街並みも、ピントが合ってないわよね」

「ああ……。あっちの海辺の写真も、ぼやけてしまっている。せっかくきれいな青色なのに」

朝焼けの草原、空を映した湖、異国の辺境で雪化粧をほどこされた山々……。本来なら誰もがため息をこぼすような絶景であるはずが、それらはすべて、ピントがずれたような、ぼやけたものだったのだ。

そんな写真の数々を見た人々の反応は、さまざまだった。期待を裏切られて肩を落とす者。そこに無理やり意味を見出そうとする者。呆れや怒りをにじませる者たちもいた。

「いったい、どうしたのかしら。こんな写真ばっかり展示するなんて……」

「前衛気取りなのか？　だとしたら、いよいよ耄碌したってことだな」

「たしか彼は、十数年前に奥さんを亡くしている……。そのせいで気落ちして、いい写真が撮れなくなったんだよ、きっと」

「年齢をとって、カメラを持つ手が震えているんじゃないか。だから、こんな写真になるんだよ」

「お気の毒だけど、写真家としては、もう終わりね」

口さがない観覧客たちの声は、写真家の耳にも届いていたはずだ。それでも、彼が反論することはなかった。それはまるで、語らないことで、何かを守ろうとしているかのように。

個展が開催されて、二週間あまり。「終わった」写真家の作品を見にくる客は、日に日に減り、今日は、午後になって男が一人、訪ねてきただけである。自身も写真家のはしくれであるその男は、展示パネルに並ぶ写真をじっと見つめた。その男を、たまたま個展の様子を見にきていた写真家が、どこか興味深そうに眺めている。

「不思議な写真だ」

やがて、男がぽつりとつぶやいた。男の視線は、目の前にある、オーロラの写真にくぎづけになっている。もともとはっきりとした輪郭をもたない光のカーテンが、ピントが合っていないことで、ただの失敗作に見える。

「これでは、貴重なオーロラが台なしだ。もったいないとしか言いようがない」

見ていた男は目を細め、ふぅとため息を――感嘆ではなく、失望のため息をついた。それを見ても、年老いた写真家は何も言わない。ただ、何かを待っているように、無言であごをさすっていた。

でも……と、男は、写真家に尋ねるような独り言を口にした。

「妙なところに、ピントが合っていますね。オーロラではなく、どちらかというと地面に近いところに。この写真だけじゃない。さっきの北海道の花畑の写真も、その前のフィレンツェの街並みも、ほかの写真も、すべてどこか一点に必ずピントは合っていました。本来なら合わすべきところとは違う場所に。いったい、どういうことなんですか？」

男がそう問いただす先にいるのは、この個展を開いた写真家だ。男の質問を受けて、あごをさすっていた写真家の手が止まる。その手を背中でそっと組み、コツ、コツと、写真家はゆっくり男のもとに歩み寄った。

「『本来ならピントを合わすべきところではない』と、あなたはおっしゃいますが、わたしには、ピントを合わせるべき場所は、そこだけなんですよ」

写真家の言葉をのみこめなかったように、客の男は眉をひそめた。その反応さえ織りこみずみであったかのように、写真家は微笑みを浮かべる。

「わたしは十年以上前に、妻を亡くしました。ずっと、わたしのことを支え、ときには叱咤(しった)激励してくれた……わたしにとっては、ただ一人の女性でした。そんな彼女が病に冒され、病院から動くこともできず、どんどん痩せ細っていきました。彼女の体から魂が抜けていくのを目の当たりにしている心地でしたよ。風船から空気が抜けていくのと同じようにね」

写真家が語る間、男は口をつぐんでいた。厳かな語りに水を差すことは罪だと感じたのかもしれない。

「妻が亡くなったあと、何年かは、カメラを持つことさえできませんでした。わたしは、妻に支えられて生きてきましたからね……。でも、しばらく経つと、考えが変わったんです。

妻は、旅行が好きでした。わたしがあちこちへ写真を撮りに行くときも、たびたびついてきました。病の床に臥してからも、『いつかあそこへ行きたい』、『今度はどこそこへ連れていってね』と、よくねだってきて……。最期まで、明日がくることを信じていました。

だからわたしは、決意したんです。彼女とともに、撮影旅行に出ようと。どれだけ時間がかかってもいい。彼女が『行きたい』と最期まで夢見ていた場所をすべて訪れて、写真に収めようと」

「では、この個展の写真たちは……」

「妻と一緒に見るつもりだった、『愛しい風景』です」

写真展のタイトルを愛おしそうに口にした写真家が、オーロラの写真に触れた。写真のなかで唯一、ピントの合っている一点に。

「今回の個展には、この世界でもっとも美しいと思う風景だけを集めました。ここにも……」

隣の写真——朝焼けの草原の一点をなぞる。

「ここにも……」

虹のかかった湖畔の一点に触れる。

「ここにも、ここにも、ここにもここにも」

異国の雪山、爛漫（らんまん）の花畑、百万ドルの夜景、世界遺産の旧市街——すべての写真の、ピントが集約しているわずかな一点を、写真家の指先が愛をこめてたどる。

「妻が、ここにいるつもりで、撮りました。これらの写真はすべて、妻が入ってこそ完成するものなんです。わたしにとっては、妻のいる風景こそが、世界で一番美しい風景なんですよ。でも、そんなことは、写真を見る人には伝わらないですね。まだまだ、わたしの腕は未熟だ」

そう言った写真家の慈愛に満ちた横顔を目の当たりにした男は——今は、どんな言葉も彼らの邪魔になるだろうと思いながらも——伝えずにはいられなかった。

「世界中のどんな絶景を集めても、ここにある写真たちほどの価値はありませんよ」

（作　橘つばさ）

親友交歓

その、見るからに粗暴そうな男の訪問を受けたのは、私が家族を連れて東京から故郷に転居して数日たった、ある日の昼のことだった。

「よう、久しぶりだな！」

男が名を名乗った。鮮烈によみがえってきたのは、子どもの頃の記憶と、見た目そのままの男の性格である。その性格は、横柄で、図々しく、自分勝手。他人を家来だとでも思っているのか、「威張ることしか能がない」という言葉がとても合う。

しかし、私は子どもの頃もそうだったが、はっきりと物が言えない性格である。しかたなく、しばらく男の言葉に愛想笑いを浮かべていた。すると男は、「おじゃまします」の一言もなく、勝手に家に上がり込み、私が思い出したくもない思い出話を語り始めた。

「小学校の時にやらかしたケンカを覚えているか？」

この手の人間は、子どもの頃の力自慢だけが、今なお自分の支えになっているのだろう。

「何、覚えてない？　ここを見ろ。この手の甲に傷がある。これはお前に引っかかれた傷だ。あのケンカで俺は、お前のことを少しだけ認めたんだ」

認められたくもないし、「認めた」などと、どれだけ偉そうなのだろう。

「それより、お前は二十年来の親友に、酒も出さないのか？」

しかたなく、それまで大事に飲んでいた、高価な洋酒を出してやった。もう住む世界が違うんだ、ということをわからせてやりたかった。

「ふぅむ、安い焼酎みたいな味だな」

味もわからないくせに、男はがばがばと遠慮なく飲んだ。こういう男には、それとなく何かを感じさせる、というのは、どだい無理な話だった。

「お、奥さん、こっちに来て一緒に飲みませんか？」

なんという図々しさだろう。私は妻に、「あっちに行ってろ」と目配せし、追い返した。

すると、男は言った。

「お前みたいな人間にお似合いの、気が利かない女房だな」

いったい何様なんだろう。しかし、男の横柄さは、さらに続いた。

「お前、東京に出ていたのが自慢なんだろう？」

別に自慢なんかしていない。そんなこと、一言も言ってはいないはずだ。少なくとも、この手の人間に、自分が気を許し、油断をするはずがない。

「俺だってなぁ、東京に行っていれば、お前程度には活躍できたよ。まぁ、お前は結局、いろいろ失敗して故郷に逃げ帰ってきたんだろ？」

ニヤニヤしている。それが、俺の弱みだと思っているのだろう。

「あぁ、そんなところだ」

さすがにむっとして言ったのだが、その感情は、むしろ男を喜ばせる結果になってしまった。

「まぁ、困ったことがあれば言ってみろ。相談に乗ってやらないこともないぞ」

そんな手に乗るか。こちらが弱みを見せれば、今度は、それにつけこんで脅したり、威張り散らすに決まっている。そう思って愛想笑いを浮かべていると、男が突然大声を上げた。

「酔ったぞ！」

俺の大事な洋酒を一本空けているのだ。酔うのは当たり前だ。それにしても、酔っていないときでさえ、あの性格なのだから、酔ったらどうなってしまうのだろう。いや、酔って性格が真逆になる可能性もあるのだろうか。

しかし、そんな期待はすぐについえた。

「おい、お前、女房をここに呼べ。いいから呼んで、俺にお酌をさせろ！」

男の大声に負けて、妻が出てきた。

「ああ、奥さん、ここに座りなさい。いいかい、俺とこいつはずいぶんケンカをしたんだ。まぁ、俺は柔道もやっているし、ケンカも強いから、最後は、こいつが泣きながら許しを乞うんだけどな。なっ、そうだよな!?」

男は、俺の頭をばんばんとたたきながら、楽しそうに笑っている。

「こいつの稼ぎじゃ、食べていくのも大変だろう。もし、こいつに愛想をつかしたら、俺のところに来てもいいんだぞ」

そう言って、妻の肩に腕を回そうとするが、妻がうまくそれをかわす。こいつの横暴ぶりは、さすがに度を越えている。

「ははは、奥さん、水臭いよ。俺はこいつの親友なんだから」

妻が、「子どもが泣いていますので」と立ち上がり、そそくさと部屋を出ていく。

この男の無礼を止められなかったことで、俺の株も下がってしまったことだろう。どこまで迷惑な男なんだ。

「まったく、お前の女房はなってないな!! 俺の女房だったら、あんな真似は許さん。お前の教育が甘いんだ!!」

その後も、男の、身勝手な武勇伝というのか、自慢話というのか、そういうものがずっと続いた。昼に始まったそれが、もう五、六時間続いている。このままだと、今日一日が、すべてろくでもない一日に終わりそうだ。

しかし、これ以上機嫌を損ねて、男がさらに暴走してはたまったものではない。俺は、そんな感情はおくびにも出さずに、にこにこと、愛想のいい表情を続けていた。

「つまらん。お前の嫌みな顔を見ているだけで、酒もまずくなった。もう帰る! 酒はもらって帰るからな!!」

そう言って、棚の中から、まだ開けてもいない酒瓶を一本取り出した。

その言葉を待っていた。酒の一本など、安いものだ。私は、まるで男の小間使いのように、男に上着を着せてやり、男のカバンを持ってやって、玄関まで送った。とっとと帰ってほしかった。

ただ、ドアを開けて、男を送り出す瞬間に一言だけ言ってやるつもりだった。

「あまり偉そうに威張るな」と。

男が靴を履き、立ち上がる。私がドアを開け、外に出ようとする男に、勇気を出してその言葉を吐こうとした瞬間だった。先ほどまでとは違う、真顔になった男が、私に向かって小さな声で言った。

「お前、あんまり威張るんじゃねぇよ。子どもの頃から、見くだすような目で人を見やがって。馬鹿にするな。いったい何様だよ」

私がこの半日、ずっと男に抱いていた想いを、逆に男からぶつけられた。

私が覚えた嫌悪感は、この男に対してだったのか、自分自身に対してだったのか、もうわからなくなっていた。男は振り返ることもなく、遠くへ去っていた。

（原作 太宰治　翻案 蔵間サキ）

黄金風景

子どものころの私は、本当にひねくれていた。

私の父は、地元の名士だった。そのせいで、息子の私にかかる無言の圧力も何かと多く、無責任な期待に苛立ちを覚えた私は、事あるごとに住みこみのお手伝いをいじめていたのだ。

なかでも、慶子という、当時十六か十七そこそこのお手伝いを、私は目の敵にしていた。慶子は、とてつもなく愚鈍なお手伝いで、見ているだけでイライラしたのだ。リンゴの皮をむいているときも、何を考えているのか、ぼーっとした顔で二度も三度も手を止めるから、そのたびに私が「おい！」と声をかけてやらなければならなかった。そうしなければいつまでも、リンゴとナイフを手に台所に突っ立っている。

何も持たないまま、ただのっそりと台所に立っている姿も、たびたび見かけた。頭の中身が足りてないいんじゃないのか？　と、私は何度思ったかわからない。そのたびに、子ども心にも、「父はこんな役立たずを、よく雇っておくものだ」とさえ思った。

「おい、慶子！　一日の時間は、みんな平等に二十四時間しかないんだ！　ぼーっとしてたら終わってしまうだろ！」

そんなふうに大人ぶって罵声を浴びせたり、それでも気持ちが収まらないときは、子ども部屋に慶子を呼びつけて、千羽鶴を折らせたりもした。不器用な慶子が朝から昼食もとらず、日暮れごろまでかかってやっと折り上げたのは、わずか三十羽ほど。しかも、私がみずから、こう折るんだぞと手本を見せてやったにもかかわらず、慶子が折った鶴は、とうてい鶴には見えないものばかり。あまりにひどい出来映えに、また私は腹を立てた。しかも夏場のことだったから、汗かきの慶子の手で折られた鶴はみんな、ぐっしょりと濡れてしまって、よけいにみすぼらしかった。

もちろん、私には千羽鶴を贈るあてなどなかった。慶子の不器用さを笑うためだけに、苦手な作業を繰り返させたのだ。

そんな無惨な鶴を、床にひざをついたまま、「見てください、ぼっちゃん！」と見せてくるものだから、私はついに頭に血が上って、「うるさい！」と叫ぶなり、慶子の肩を蹴った。

慶子はそのまま、無様にうしろへひっくり返った。いつもと同じにのろのろと身を起こした慶子は、私が蹴った肩ではなく、頬を押さえて涙目になっていた。

「あんまりです、ぼっちゃん……。顔を踏まれたことなんて、今までに一度もありません。この仕打ち、慶子は一生、忘れません」

顔を踏んだ？　私が蹴ったのは肩だっただろう。そうは思ったが、慶子が目に涙を光らせながらうめくように言うので、さすがに私も後ろめたくて、その場では言い返せなかった。

この日の出来事をごまかすように、私はますます慶子をいじめるようになった。慶子の愚鈍さは年を重ねても変わらなかったし、私は年を重ねるごとに、その愚鈍さを憎むようにすらなったからだ。

そんなふうに傍若無人に振る舞っていた報いで、その後、私は家を追い出されてしまった。それまで好き勝手に暮らしてきたので、たいした貯金もない。最初は、その日その日を食いつなぐのがやっとだったが、そのうち、なんとか物書きの仕事をすることで、人並みの生活を手に入れることができた。

病気になったのは、そんな矢先のことだった。

激しい運動をしたわけでもないのに息が切れ、身体のあちこちが痛み、寝間着を絞らなければならないほどの寝汗をかくこともある。あれだけ忌み嫌った、「のろま」

で「とろい」身体に、私はなってしまったのだ。

それでも、仕事はしなければならない。働かなければ治療費もまかなえないからだ。しかし、病んだ身体で働けば、身体はさらに疲弊する。そんな苦しい悪循環に陥った私は、梅雨の季節の窓の外にキョウチクトウの花が咲き乱れているのを見て、不思議と、「ああ、私はまだ生きているんだな」と感じていた。

そんなある日、四十に近い小柄な警官が家にやってきた。

「じつは最近、このあたりで空き巣が多発しておりまして。安全の確認と注意喚起の意味もこめて、見回りを強化しているんですが……」

玄関でそんなことを話していた警官が、ふいに言葉をのみこんだ。そして、無精ひげを伸ばし放題の私の顔をじっと見つめたあと、唐突に首をひねって、こう言った。

「もしかして、あなたは××のお屋敷の、ぼっちゃんじゃありませんか？」

そう尋ねる警官の言葉には、私の故郷の強い訛りがあった。それに、警官が口にした屋敷は、私の実家のことだ。

「そうですが、あなたは？」

ふてぶてしく返した私にも、警官は嫌な顔ひとつせず、そればかりか、やせた顔が苦しそうに見えるほどいっぱいの笑みをたたえて言った。

「憶えてないですよね。私、かれこれ二十年近く前、ぼっちゃんのお屋敷のあるあたりで夕刊の配達をしていたんです。いやぁ、おなつかしい。まさか、こんなところで再会できるとは」

「ご覧のとおり、すっかり落ちぶれました」

私は、にこりともせずに応じた。しかし警官は、「とんでもない！」と、滑稽なまでに大げさに首と両手を横に振った。

「この近所の人が噂していましたよ。この家に住んでいる人は、物書きらしいって。小説をお書きになるなんて、とても立派なことです。すごいじゃないですか!?」

愉快そうに笑う警官に、今日までのことを説明するのも面倒で、私は苦笑した。

しばらく笑ったあとに、警官は、「それに……」と声を低くした。

「妻の慶子も、いつもあなたの話をしていましたよ」

「けいこ？」

すぐには、のみこめなかった。「お忘れですかねぇ」と、警官が帽子の上から頭をかく。

「慶子ですよ。あなたのお屋敷に、住みこみのお手伝いとして働いていた」

その瞬間、私は、あの家で自分が慶子にしたことを、はっきりと思い出した。

二十年近く前、のろまで、とろくて、少し目を離せばぼーっと突っ立っているばかりだった、一人のお手伝い。私が彼女にしてきた、いじめやいびりの数々が、怒濤のように記憶の奥から押し寄せてきて、私は玄関横の柱に肩から寄りかかった。

ぼっちゃん？　と、心配そうな目に顔をのぞかれて、よけいに思考が混乱する。

「結婚したんですか、彼女と？　幸福ですか……彼女は？」

突拍子のない質問を投げた私の顔は、きっと、罪人のように卑屈にゆがんだ笑みを浮かべていたことだろう。しかし、警官はそれには気づかないのか、「ええ、もう、おかげさまで」と屈託なく笑って朗らかに答えた。

「今度、慶子を連れて、こちらにうかがってもよろしいでしょうか？」

その一言に、私は肝が縮むのを実感した。いえ、わざわざそんなことしていただかなくても……と、しどろもどろに答えながら、私は、耐えがたい屈辱感を味わっていた。あれだけ疎んじたお手伝いを今になって恐れるなど、病気のせいで気弱になってしまったのだろうか。

しかし、私の屈辱感に、警官は気づかない。

「子どもがね、この春から中学に上がりましてね。それが長男です。その下に女の子が二人いまして、一番下の子も、今年、小学校へ上がりました。慶子には苦労をかけましたが、これで一段落と言いますか……なにせ、おたくのようなお屋敷に勤めていた者は、やはりどこか、私のような者とは違いますので」

そう言って、警官はわずかに顔を赤らめた。それから真面目な顔つきに戻り、背筋を正す。

「慶子も、始終あなたのことを話しております。お顔を見れば、喜ぶでしょう。今度、休みの日に二人でご挨拶にうかがわせてください。それでは今日は失礼します。お身体、くれぐれもお大事に」

最後にぴしりと頭を下げて、警官は去っていった。いっぺんに力が抜けた私は、へなへなと玄関口にへたりこんだまま、小一時間も動けずにいた。

それから三日が経った。

執筆に行き詰まった私は、気分転換に外出しようと立ち上がり、玄関のドアを開けた。するとそこに、先日の警官と、同年代の女性、そして二人の間に六、七歳の女の子が並んで立っていた。絵のように美しいその家族は、まぎれもなく、慶子の家族だった。

品のいい女性になっていた慶子は、震える瞳で私を見つめて、ぼっちゃん……とつぶやいたらしかった。そのまなざしに、心臓が縮む。それは、間違いなく恐怖だ。

「今日は、だめです。これから出版社に行かなければならないので、また改めてください！」

嘘を叫んで、慶子が何かを言う前に、私はその場から逃げ出した。一瞬見えた女の子の目が、お手伝いとして勤めていたころの若い慶子とそっくりで、ひどくのろのろとした動きで私を追いかけてくるのがわかった。

病人の身体のどこにこんな余力があったのかと思うほど、私は走って走って走って走って、浜辺の通りに出た。その通りを、今度は町へ向かって、おぼつかない足取りで歩いていく。どこをどう歩いたのか、ただ意味もなく、まだ開いていない居酒屋の看板を見上げたり、洋服店のショーウィンドーを眺めたりしながら、まだ強情に自分の負けを受け入れられずに、何度も身体を揺すぶっては、また行くあてもなく歩き始めることの繰り返しだった。

そのうち、さすがに息が切れ、家に戻ろうと思い始めた。くるりと向きを変え、来たときよりも時間をかけて道を戻り、また海辺に出た。

夕陽を受けて、砂浜が黄金に輝いている。その輝きに海風までもが染まっていると思ったら、その風景のなかに、慶子たち親子の姿があった。幼い娘が海に向かって石を投げ、寄せてくる波にキャッキャとはしゃいだ声を上げる。それを慶子と夫が寄り添い合うように立って見つめている様子は、平和そのものだった。

ちょうどこちらが風下で、潮のにおいと夫婦の会話が流れてくる。とたんに動悸が激しくなる。逃げ出したかった。しかし、それができなかった。

「最初にあなたが、『ぼっちゃんにお会いした』と言ったときは、まさかと思ったけど……」

「なかなか、頭のよさそうな青年じゃないか。きっと今に、有名な作家先生になるぞ！」

「ええ、もちろん」

慶子の、どこか誇らしげな返事が耳にこだまする。動悸はもう聞こえない。慶子の横顔は、黄金の光を受けて淡く輝いている。私は、どうしても目が離せなくなった。

「あの方は子どものころから、ほかの子とは違ったの。いつもご自分の意見をお持ちで、意志が強くて、わたしたち目下の人間にも、親切に目をかけてくださって、たくさんお話もしてくださったんだから。そうそう、一緒に鶴を折ったこともあったわ」

とてもお上手だったのよ、という慶子の言葉が流れてきた瞬間、私は、自分が立ったまま泣いていることに気づいた。

これはもう、正真正銘、私の負けだ。いくらのろまな慶子だったとしても、あれほどの仕打ちを受けて、自分がいびられていたことに気づいていなかったということはあり得ない。それを自分の胸にだけ、慶子は秘めておくつもりなのだ。

胸のなかにあった興奮が、涙で溶け去ってゆくのを私は感じた。あれだけ「のろま」と笑った慶子に、私は負けた。しかし、今はそれが胸に心地いい。まるで、病までもが溶けて消えてしまったようだ。

慶子の勝利は、私の再出発にも、黄金の光をもたらしてくれるに違いない。そう思った。

（原作　太宰治　翻案　橘つばさ・蔵間サキ）

作家とその担当

対面に座る人物がため息とともに吐き出したタバコの煙が、男の鼻孔を刺激する。いつもなら多少の遠慮をもった煙が、今日はまるで意志を持った生き物のように、男の身体にからみついてくる。

男は、小さな文芸系出版社に勤める編集者だ。今日は、自身が担当する作家の自宅に来ている。「この世には、愛煙家である俺が打ち合わせできる場所は、もうここしかない」という作家の嘆きを聞き入れ、この作家との打ち合わせは、もっぱら彼の自宅で行うことになっているのだ。ただし、今日やって来たのは、打ち合わせや原稿の受け取りのためではない。

つい先日、男が勤める出版社に、ある原稿が送られてきた。ワープロで綴られた二百枚近い原稿の束。その一枚目には、「風の匂いたつ季節」というタイトルと、「凪野咲良（ナギノ・サクラ）二十五歳 会社員」という文字。作家志望の若い女性が、自作の小説を出版社に送ってきたのだろう。いわゆる、「持ち込み原稿」というやつだ。こんなふうに編集部に送られてくる原稿に目を通すのも、編集者の仕事だ。

原稿に目を通した男は、しかし、この原稿をどう評価すべきか、自分で判断することができなかった。そこで、自身が担当するベテラン作家に相談しようと思い立ち、今日、ここにやって来たのだ。

応接室で編集者の対面に座り、気難しそうな表情で煙を吐き出し続けながら原稿に目を通している作家の姿が、子どもの頃に読んだ絵本——「やえもん」という名の機関車に重なった。

作家は、デビュー以来二十年以上も歴史小説を書き続けてきた。五十を越えた今でも、デビュー当時と変わらず、原稿用紙に万年筆で手書きするスタイルを貫いている。ほとんどの小説家がパソコンで原稿を執筆する時代、彼のスタイルは、かなり「古風」だったが、正統派の歴史小説のみを手がける彼の作風には、合っているともいえた。

「俺が原稿用紙に入れた推敲（すいこう）の赤字を見れば、俺がこの作品のどこにこだわっているかがわかるだろう？」

以前、作家の原稿を読んだ感想を伝えたとき、「読み込みが甘いんだよ」という言葉とともに、編集者はそう言われたことがある。

そんな作家が、ワープロで作成された他人の原稿を、読み終えた雑誌をゴミ箱に投げ捨てるように、テーブルの上にバサッと置いた。

「そ、それで先生……この小説、どう思われますか？」

「それを判断するのが、編集者の仕事だろう。そもそも、作家の原稿をほかの作家に見せるなんて、何を考えているんだ。まぁ、この作品を書いた人間が『作家』を名乗っていいかは別の話だがな」

おずおず尋ねた編集者に対して、作家は足を組み替えながら、にべもなく言い放った。作家より一回りも年若い編集者は、身をすくめた。作家はかまわず、タバコをくわえたまま言葉を続けた。

「素人が送ってくる原稿の良し悪しも自分で判断できないのか、きみは。そんなことで、よく編集者が務まるものだな。俺の担当をしていて、何を学んでいるんだ？　職務怠慢なのか、最初から編集者の資質がないのか？　そもそも、きみは、本当に小説が、いや、本が好きなのか？」

「す、すみません……」

編集者が何について謝っているのか、作家にはわからなかった。作家は深いため息いた。

をつき、編集者をにらんだ。その瞳には、色濃い失望と、かすかな怒りがにじんで

「えっと、それで……先生の個人的なご意見をうかがいたいんです。先生が編集者だったら、この原稿を本にして出版しますか？　売れると思いますか？」

「それを、俺に聞いてしまうのか、きみは？　『俺が編集者だったら』と言うが、俺は編集者じゃない。作家だ」

そして、しばらくの沈黙ののち、作家は小さく、しかし、はっきりとつぶやいた。

「……俺は反対だ」

作家が、編集者に鋭い眼光を突き刺す。編集者が鼻の頭を殴（なぐ）られたように目をみはる。その目には、押し隠せなかった驚愕の色が浮かんでいた。

「先生は、この原稿は、出版には値しないと？」

「こういうのを、『二十代の女性らしい感性の恋愛小説』と言うのか？　しょせん人生の経験もないまま、頭の中だけで書かれた素人作品だ。心理描写が甘い。ご都合主義な部分もある。これで読者が満足すると思うか？」

そう言った作家が、試すようなまなざしを編集者に向ける。それを受けて、編集者は深く息を吸った。

「たしかに、先生のおっしゃるとおり、粗削り(あらけず)で予定調和な部分があると感じました。登場人物の人間像も未完成で、その言動に、やや説得力がないような印象も受けました。でも、小説としての可能性はあると思います」

「ふん。こんな、苔(こけ)が生えたような恋愛小説に可能性などあるものか」

「いえ。僕は、十分に可能性があると思います。何より、こういう世界を書きたいという作家の意気込みが伝わってきます。新しい挑戦をしようとする姿勢が、随所から感じられました」

作家の身も蓋もない言い方に、編集者にも反発心が芽生えたのか、視線を真っ直ぐに作家に向けて言った。タバコの煙を吐き出した作家は、その視線を真っ向から受けることを選んだ。

「力不足の編集者が、ずいぶんわかったようなことを言うんだな。それなら、俺に意見なんか聞かないで、きみがこの原稿を本にすればいいだけだろ？　きみが編集者として全身全霊をかけて、この原稿を売れる——多くの読者に愛される本にすればいいだけの話じゃないか。きみは、その自信がないから、こうやって俺のところに来たんだろ!?」

「たしかに、僕は編集者としては、まだまだかもしれません。ですが、僕はもう十年、先生の担当を務めています。僕は今日、『先生の個人的なご意見』をうかがいに来たんです。この原稿を本にして出版してもいいと思うのか——そのご意志が、先生におありになるのかどうかを、確かめるために来たんです。この原稿をお書きになった、先生ご自身に」

その言葉を受けた作家が、目を見開く。硬直して微動だにせず、口から吐き出された紫煙だけが、行き場に迷ってゆらゆらと、どっちつかずに揺れていた。

「なぜ……」

——なぜ、俺だとわかったんだ？

口からこぼれた自覚もないであろう作家のつぶやきに、編集者は、さも当然と言わんばかりの口調で応じた。

「だから、もう十年なんですよ。先ほど先生は、この小説に対して、『苔が生えたような』という比喩をお使いになりましたね。僕は常々、思ってたんです。先生がお書きになる文章には、苔むした岩のようにどっしりとした存在感があるって。と言うか、この原稿の『におい』で、これは先生の原稿だと直感しました」

「『におい』だと？　きみに、文章の『におい』を感じとる力があるとでも言うのか」

抗議するような口調の作家に、編集者は「すいません。誤解させてしまいました」

と笑顔を返した。

「この原稿を封筒から出したとき、文字通りにおったんですよ。先生がいつも吸っている、そのタバコの香りが。先生は、そのタバコも、国内では流通していないものを外国から取り寄せていると教えてくださったじゃないですか。そんな入手困難な珍しいものを、二十代半ばの若い女性――凪野咲良がたしなんでいるとは考えられませんでした」

そう言って編集者は、テーブルの上に置かれた、ワープロ原稿の一枚目に記された「凪野咲良（ナギノ・サクラ）二十五歳 会社員」という一行を指し示した。

「先生、この出力紙の束を、何度も何度も読み直したんでしょう。それこそ、タバコのにおいがつくくらいに」

ふぅ……と、作家が煙色のため息をテーブルにこぼす。

「そんなことでばれてしまうなんて、俺は、推理作家にならなくて正解だったな」

「いえ。僕は嬉しかったですよ。こうして、先生の新たな一面を見ることができたんですから」

そう言った編集者の声は、喜びに弾んでいた。

この作家を担当して十年。デビュー以来、歴史小説のみを書き続けてきた作家には、固定のファンこそいたものの、時が経つとともに、かつてはあった鮮烈な輝きが、作品から失われているのを編集者は感じていた。

小説にも、はやりすたりがある。ファッションと同じだ。流行おくれの作品は、「ダサい」「古い」という烙印を押されるし、テーマやジャンルにバリエーションがない作家は、「芸がない」とあきられてしまう。それが正しいことかはわからないが、「今の時代に合ったもの」「誰もが未体験の新しいもの」を生み出す力がなければ、作家は、時代の流れに溺れて死んでしまうことがあるのも確かだ。

しかし、経験を積み重ねた小説家たちには、その経験に相応する矜持や葛藤が生まれる。たとえ、「自分も変化しなければ」と思ったとしても、舵を切ってこれまで進んできた方向を変えることは難しいし、積み上げてきたものを捨てる勇気をもてる人間は、めったにいない。

だから今回、作家が「変わらなければ」という思いを優先し、別ジャンルの新作を書き上げてきたことに、編集者は純粋に感動していた。

名前も年齢も性別も偽って、ふだんとは違うワープロ原稿をわざわざ編集部宛に郵送してきたのは、きっと、「今から新しいことに挑戦する照れ」や「恋愛小説を書いた気恥ずかしさ」があったからではない。それもあったかもしれないが、それ以上に、「忖度も遠慮も抜きで、新人作家に対するのと同じ目線で原稿に対峙してほしい」と思ってのことなのだろう。作家が否定的な意見を述べたのも、「否定的な意見を撥ね返すくらいの愛情を、担当編集者には持ってほしい」と思ったからなのかもしれない。

それくらいのことは、簡単に想像できる。彼は、そういう人間なのだ。そして、編集担当である以前に、編集者は、そういう作家のファンなのだ。

「僕は、この原稿を本にして出版したいと思います。この作品の未来を——先生の新境地を、一緒に考えさせてください」

はっきりとした口調で言って、編集者は頭を下げた。

そのままちらりと作家の様子をうかがうと、作家は口をへの字にして、首のうしろに手を当てていた。それは、きまりが悪くて言葉が出てこないときにする、この作家のクセであることも、編集者は熟知していた。

「それにしても、文章の癖とか、物語の色気とかでなく、紙に染みついた『におい』を、恥ずかしげもなく根拠にするなんて、きみらしいな。文章に目を向ければ、いくらでも共通点があるだろう。まったく、読み込みが甘いんだよ」

そして、最後に必ず悔し紛れの減らず口を叩くことも。

——まだまだ「彼」との付き合いは長くなりそうだ。

まっすぐ上へ上へと向かってゆくタバコの煙をかぎながら、無言のままに、二人とも同じことを感じていた。

（作　桃戸ハル・橘つばさ）

クッキー
cookie
しっかし
寒いなぁ…

サク
クッキー食べる?
ありがとう…

うわっ！
なんだ
こりゃっ！
きゃあっ！
フワ

……
浮いてるっ！
……
なにこれ楽しいっ！
！
あれ何？

エッフェル塔だっ！
あ！
シロクマっ！

ペンギンもっ！

僕たち飛んでるよっ!!
フフッ
!
キャアッ!

……
アイタタ…
だいじょぶ？

…
雪が…
街から雪が
消えてる…
!

うわぁ！
何だよ この雪！
ザンッ

アレ?

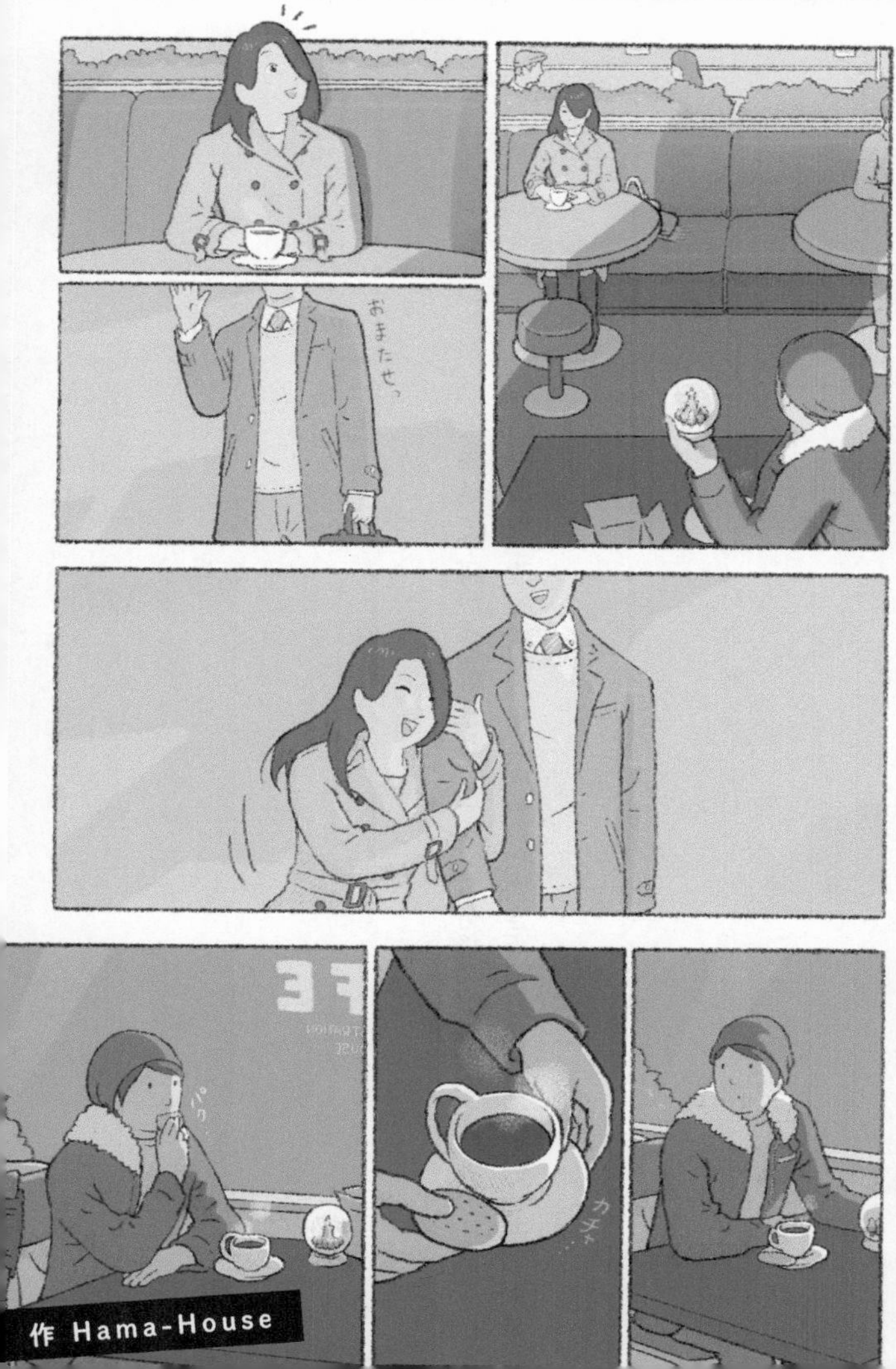

おまたせっ

本書は、学研から発行されている「5分後に意外な結末」シリーズの一部を、改変、再編集し、新たに書き下ろしを加えたものです。

|編著者|桃戸ハル　東京都出身。あくせくと、執筆や編集にいそしむ毎日。ぢっと手を見る。生命線だけが長くてビックリ。『5秒後に意外な結末』『5分後に恋の結末』などを含む、「5分後に意外な結末」シリーズの編著や、『ざんねんな偉人伝　それでも愛すべき人々』『ざんねんな歴史人物　それでも名を残す人々』『パパラギ［児童書版］』の編集など。三度の飯より二度寝が好き。貧乏金なし。お仕事があれば是非！

5分後に意外な結末　ベスト・セレクション
心震える赤の巻
桃戸ハル 編・著

2021年7月15日第1刷発行
2024年9月10日第9刷発行

発行者――森田浩章
発行所――株式会社　講談社
東京都文京区音羽2-12-21　〒112-8001
電話　出版（03）5395-3510
　　　販売（03）5395-5817
　　　業務（03）5395-3615
Printed in Japan

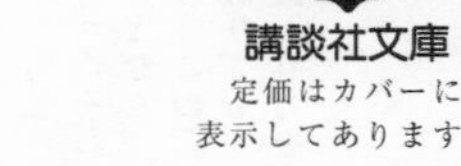

講談社文庫
定価はカバーに
表示してあります

KODANSHA

デザイン―菊地信義
本文データ制作―講談社デジタル製作
印刷―――株式会社KPSプロダクツ
製本―――株式会社KPSプロダクツ

ISBN978-4-06-523684-0

講談社文庫刊行の辞

二十一世紀の到来を目睫に望みながら、われわれはいま、人類史上かつて例を見ない巨大な転換期をむかえようとしている。

世界も、日本も、激動の予兆に対する期待とおののきを内に蔵して、未知の時代に歩み入ろうとしている。このときにあたり、創業の人野間清治の「ナショナル・エデュケイター」への志を現代に甦らせようと意図して、われわれはここに古今の文芸作品はいうまでもなく、ひろく人文・社会・自然の諸科学から東西の名著を網羅する、新しい綜合文庫の発刊を決意した。

激動の転換期はまた断絶の時代である。われわれは戦後二十五年間の出版文化のありかたへの深い反省をこめて、この断絶の時代にあえて人間的な持続を求めようとする。いたずらに浮薄な商業主義のあだ花を追い求めることなく、長期にわたって良書に生命をあたえようとつとめるところにしか、今後の出版文化の真の繁栄はあり得ないと信じるからである。

同時にわれわれはこの綜合文庫の刊行を通じて、人文・社会・自然の諸科学が、結局人間の学にほかならないことを立証しようと願っている。かつて知識とは、「汝自身を知る」ことにつきていた。現代社会の瑣末な情報の氾濫のなかから、力強い知識の源泉を掘り起し、技術文明のただなかに、生きた人間の姿を復活させること。それこそわれわれの切なる希求である。

われわれは権威に盲従せず、俗流に媚びることなく、渾然一体となって日本の「草の根」をかたちづくる若く新しい世代の人々に、心をこめてこの新しい綜合文庫をおくり届けたい。それは知識の泉であるとともに感受性のふるさとであり、もっとも有機的に組織され、社会に開かれた万人のための大学をめざしている。大方の支援と協力を衷心より切望してやまない。

一九七一年七月

野間省一

東野圭吾 希望の糸
東野圭吾 どちらかが彼女を殺した〈新装版〉
東野圭吾 私が彼を殺した〈新装版〉
東野圭吾 仮面山荘殺人事件〈新装版〉
東野圭吾作家生活25周年祭り実行委員会 東野圭吾公式ガイド〈読者1万人が選んだ東野作品人気ランキング発表〉
東野圭吾作家生活35周年実行委員会 編 東野圭吾公式ガイド〈作家生活35周年ver.〉
平野啓一郎 高瀬川
平野啓一郎 ドーン
平野啓一郎 空白を満たしなさい(上)(下)
百田尚樹 永遠の0(ゼロ)
百田尚樹 輝く夜
百田尚樹 風の中のマリア
百田尚樹 影法師
百田尚樹 ボックス!(上)(下)
百田尚樹 海賊とよばれた男(上)(下)
平田オリザ 幕が上がる
東 直子 さようなら窓
蛭田亜紗子 凜
樋口卓治 ボクの妻と結婚してください。

樋口卓治 続・ボクの妻と結婚してください。
樋口卓治 喋る男
平山夢明 魂(たま)豆腐(どうふ)〈大江戸怪談どたんばたん(土壇場譚)〉
平山夢明 宇佐美まこと ほか 超怖い物件
東川篤哉 純喫茶「一服堂」の四季
東川篤哉 居酒屋「一服亭」の四季
東山彰良 流(りゅう)
東山彰良 女の子のことばかり考えていたら、1年が経っていた。
平田研也 小さな恋のうた
日野 草 ウエディング・マン
平岡陽明 僕が死ぬまでにしたいこと
ビートたけし 浅草キッド
ひろさちや すらすら読める歎異抄(たんにしょう)
藤沢周平 新装版 春秋の檻〈獄医立花登手控え(一)〉
藤沢周平 新装版 風雪の檻〈獄医立花登手控え(二)〉
藤沢周平 新装版 愛憎の檻〈獄医立花登手控え(三)〉
藤沢周平 新装版 人間の檻〈獄医立花登手控え(四)〉
藤沢周平 新装版 闇の歯車
藤沢周平 新装版 市塵(上)(下)

藤沢周平 新装版 決闘の辻
藤沢周平 新装版 雪明かり
藤沢周平 義民が駆ける〈レジェンド歴史時代小説〉
藤沢周平 喜多川歌麿女絵草紙
藤沢周平 闇の梯子
藤沢周平 長門守の陰謀
古井由吉 この道
藤田宜永 樹下の想い
藤田宜永 女系の総督
藤田宜永 女系の教科書
藤田宜永 血の弔旗
藤田宜永 大雪物語
藤 水名子 紅嵐記(上)(中)(下)
藤原伊織 テロリストのパラソル
藤本ひとみ 新・三銃士 少年編・青年編〈ダルタニャンとミラディ〉
藤本ひとみ 皇妃エリザベート
藤本ひとみ 失楽園のイヴ
藤本ひとみ 密室を開ける手
藤本ひとみ 数学者の夏

松本清張他 日本史七つの謎
松本清張 ガラスの城〈新装版〉
松谷みよ子 ちいさいモモちゃん
松谷みよ子 モモちゃんとアカネちゃん
松谷みよ子 アカネちゃんの涙の海
眉村 卓 ねらわれた学園
眉村 卓 なぞの転校生
麻耶雄嵩 翼ある闇〈メルカトル鮎最後の事件〉
麻耶雄嵩 痾
麻耶雄嵩 メルカトルかく語りき
麻耶雄嵩 夏と冬の奏鳴曲〈新装改訂版〉
麻耶雄嵩 メルカトル悪人狩り
麻耶雄嵩 神様ゲーム
町田 康 耳そぎ饅頭
町田 康 権現の踊り子
町田 康 浄土
町田 康 猫にかまけて
町田 康 猫のあしあと
町田 康 猫とあほんだら
町田 康 猫のよびごえ
町田 康 真実真正日記
町田 康 宿屋めぐり
町田 康 人間小唄
町田 康 スピンク日記
町田 康 スピンク合財帖
町田 康 スピンクの壺
町田 康 スピンクの笑顔
町田 康 ホサナ
町田 康 猫のエルは
町田 康 記憶の盆をどり
舞城王太郎 煙か土か食い物〈Smoke, Soil or Sacrifices〉
舞城王太郎 好き好き大好き超愛してる。
舞城王太郎 私はあなたの瞳の林檎
舞城王太郎 されど私の可愛い檸檬
舞城王太郎 畏れ入谷の彼女の柘榴
舞城王太郎 短篇七芒星
真山 仁 虚像の砦
真山 仁 新装版 ハゲタカ(上)(下)
真山 仁 新装版 ハゲタカII(上)(下)
真山 仁 レッドゾーン(上)(下)
真山 仁 グリード〈ハゲタカIV〉(上)(下)
真山 仁 ハーディ〈ハゲタカ2・5〉(上)(下)
真山 仁 スパイラル〈ハゲタカ4・5〉
真山 仁 シンドローム〈ハゲタカ5〉(上)(下)
真山 仁 そして、星の輝く夜がくる
真梨幸子 孤虫症
真梨幸子 深く深く、砂に埋めて
真梨幸子 女ともだち
真梨幸子 えんじ色心中
真梨幸子 カンタベリー・テイルズ
真梨幸子 イヤミス短篇集
真梨幸子 人生相談。
真梨幸子 私が失敗した理由は
真梨幸子 三匹の子豚
真梨幸子 まりも日記
松本裕士 兄弟〈追憶のhide〉
円居 挽 原作 福本伸行 カイジ ファイナルゲーム 小説版

宮城谷昌光 湖底の城〈呉越春秋〉三
宮城谷昌光 湖底の城〈呉越春秋〉四
宮城谷昌光 湖底の城〈呉越春秋〉五
宮城谷昌光 湖底の城〈呉越春秋〉六
宮城谷昌光 湖底の城〈呉越春秋〉七
宮城谷昌光 湖底の城〈呉越春秋〉八
宮城谷昌光 湖底の城〈呉越春秋〉九
宮城谷昌光 侠骨記〈新装版〉
水木しげる コミック昭和史1〈関東大震災～満州事変〉
水木しげる コミック昭和史2〈満州事変～日中全面戦争〉
水木しげる コミック昭和史3〈日中全面戦争～太平洋戦争開始〉
水木しげる コミック昭和史4〈太平洋戦争前半〉
水木しげる コミック昭和史5〈太平洋戦争後半〉
水木しげる コミック昭和史6〈終戦から朝鮮戦争〉
水木しげる コミック昭和史7〈講和から復興〉
水木しげる コミック昭和史8〈高度成長以降〉
水木しげる 敗走記
水木しげる 白い旗
水木しげる 姑娘(クーニャン)

水木しげる 決定版 日本妖怪大全〈妖怪・あの世・神様〉
水木しげる ほんまにオレはアホやろか
水木しげる 総員玉砕せよ！〈新装完全版〉
宮部みゆき 新装版 震える岩〈霊験お初捕物控〉
宮部みゆき 新装版 天狗風〈霊験お初捕物控〉
宮部みゆき ICO(イコ)―霧の城―(上)(下)
宮部みゆき ぼんくら(上)(下)
宮部みゆき 新装版 日暮らし(上)(下)
宮部みゆき おまえさん(上)(下)
宮部みゆき 小暮写眞館(上)(下)
宮部みゆき ステップファザー・ステップ〈新装版〉
宮子あずさ 看護婦が見つめた人間が死ぬということ
宮本昌孝 家康、死す(上)(下)
三津田信三 忌館(いかん)〈ホラー作家の棲む家〉
三津田信三 作者不詳〈ミステリ作家の読む本〉(上)(下)
三津田信三 蛇棺葬(じゃかんそう)
三津田信三 百蛇堂(ひゃくじゃどう)〈怪談作家の語る話〉
三津田信三 厭魅(まじもの)の如き憑くもの
三津田信三 凶鳥(まがとり)の如き忌むもの

三津田信三 首無(くびなし)の如き祟るもの
三津田信三 山魔(やまんま)の如き嗤(わら)うもの
三津田信三 水魑(みづち)の如き沈むもの
三津田信三 密室(ひめむろ)の如き籠(こも)るもの
三津田信三 生霊(いきだま)の如き重(だぶ)るもの
三津田信三 幽女(ゆうじょ)の如き怨むもの
三津田信三 碆霊(はえだま)の如き祀るもの
三津田信三 魔偶(まぐう)の如き齎(もたら)すもの
三津田信三 忌名(いな)の如き贄(にえ)るもの
三津田信三 シェルター 終末の殺人
三津田信三 ついてくるもの
三津田信三 誰かの家
三津田信三 忌物堂鬼談(いぶつどうきだん)
道尾秀介 カラスの親指〈by rule of CROW's thumb〉
道尾秀介 カエルの小指〈a murder of crows〉
道尾秀介 水の柩
深木章子(みきあきこ) 鬼畜の家
湊かなえ リバース
宮内悠介 彼女がエスパーだったころ

宮内悠介 偶然の聖地
宮乃崎桜子 綺羅の皇女(1)
宮乃崎桜子 綺羅の皇女(2)
三國青葉 損料屋見鬼控え 1
三國青葉 損料屋見鬼控え 2
三國青葉 損料屋見鬼控え 3
三國青葉 福 猫 屋〈お佐和のねこだすけ〉
三國青葉 福 猫 屋〈お佐和のねこかし〉
三國青葉 福 猫 屋〈お佐和のねこわずらい〉
宮西真冬 誰かが見ている
宮西真冬 首の鎖
宮西真冬 友達未遂
宮西真冬 毎日世界が生きづらい
南 杏子 希望のステージ
嶺里俊介 だいたい本当の奇妙な話
嶺里俊介 ちょっと奇妙な怖い話
溝口 敦 喰うか喰われるか〈私の山口組体験〉
村上 龍 愛と幻想のファシズム(上)(下)
村上 龍 村上龍料理小説集

村上 龍 新装版限りなく透明に近いブルー
村上 龍 新装版コインロッカー・ベイビーズ
村上 龍 歌うクジラ(上)(下)
向田邦子 新装版 眠る盃
向田邦子 新装版 夜中の薔薇
村上春樹 風の歌を聴け
村上春樹 1973年のピンボール
村上春樹 羊をめぐる冒険(上)(下)
村上春樹 カンガルー日和
村上春樹 回転木馬のデッド・ヒート
村上春樹 ノルウェイの森(上)(下)
村上春樹 ダンス・ダンス・ダンス(上)(下)
村上春樹 遠い太鼓
村上春樹 国境の南、太陽の西
村上春樹 やがて哀しき外国語
村上春樹 アンダーグラウンド
村上春樹 スプートニクの恋人
村上春樹 アフターダーク
村上春樹 佐々木マキ絵 羊男のクリスマス

村上春樹 佐々木マキ絵 ふしぎな図書館
村上春樹 糸井重里 夢で会いましょう
村上春樹・文 安西水丸・絵 ふわふわ
U・K・ル＝グウィン 村上春樹訳 空飛び猫
U・K・ル＝グウィン 村上春樹訳 帰ってきた空飛び猫
U・K・ル＝グウィン 村上春樹訳 素晴らしいアレキサンダーと、空飛び猫たち
U・K・ル＝グウィン 村上春樹訳 空を駆けるジェーン
T・ファリッシュ著 B・ルート絵 村上春樹訳 ポテト・スープが大好きな猫
村山由佳 天翔る
睦月影郎 密通妻
睦月影郎 快楽アクアリウム
向井万起男 渡る世間は「数字」だらけ
村田沙耶香 授乳
村田沙耶香 マウス
村田沙耶香 星が吸う水
村田沙耶香 殺人出産
村瀬秀信 気がつけばチェーン店ばかりでメシを食べている
村瀬秀信 それでも気がつけばチェーン店ばかりでメシを食べている
村瀬秀信 地方に行っても気がつけばチェーン店ばかりでメシを食べている

虫眼鏡 東海オンエアの動画が6.4倍楽しくなる本〈虫眼鏡の概要欄 クロニクル〉
森村誠一 悪道
森村誠一 悪道 西国謀反
森村誠一 悪道 御三家の刺客
森村誠一 悪道 五右衛門の復讐
森村誠一 悪道 最後の密命
森村誠一 ねこの証明
毛利恒之 月光の夏
森博嗣 すべてがFになる〈THE PERFECT INSIDER〉
森博嗣 冷たい密室と博士たち〈DOCTORS IN ISOLATED ROOM〉
森博嗣 笑わない数学者〈MATHEMATICAL GOODBYE〉
森博嗣 詩的私的ジャック〈JACK THE POETICAL PRIVATE〉
森博嗣 封印再度〈WHO INSIDE〉
森博嗣 幻惑の死と使途〈ILLUSION ACTS LIKE MAGIC〉
森博嗣 夏のレプリカ〈REPLACEABLE SUMMER〉
森博嗣 今はもうない〈SWITCH BACK〉
森博嗣 数奇にして模型〈NUMERICAL MODELS〉
森博嗣 有限と微小のパン〈THE PERFECT OUTSIDER〉
森博嗣 黒猫の三角〈Delta in the Darkness〉

森博嗣 人形式モナリザ〈Shape of Things Human〉
森博嗣 月は幽咽のデバイス〈The Sound Walks When the Moon Talks〉
森博嗣 夢・出逢い・魔性〈You May Die in My Show〉
森博嗣 魔剣天翔〈Cockpit on knife Edge〉
森博嗣 恋恋蓮歩の演習〈A Sea of Deceits〉
森博嗣 六人の超音波科学者〈Six Supersonic Scientists〉
森博嗣 捩れ屋敷の利鈍〈The Riddle in Torsional Nest〉
森博嗣 朽ちる散る落ちる〈Rot off and Drop away〉
森博嗣 赤緑黒白〈Red Green Black and White〉
森博嗣 四季 春〜冬
森博嗣 φ(ファイ)は壊れたね〈PATH CONNECTED φ BROKE〉
森博嗣 θ(シータ)は遊んでくれたよ〈ANOTHER PLAYMATE θ〉
森博嗣 τ(タウ)になるまで待って〈PLEASE STAY UNTIL τ〉
森博嗣 ε(イプシロン)に誓って〈SWEARING ON SOLEMN ε〉
森博嗣 λ(ラムダ)に歯がない〈λ HAS NO TEETH〉
森博嗣 η(イータ)なのに夢のよう〈DREAMILY IN SPITE OF η〉
森博嗣 目薬α(アルファ)で殺菌します〈DISINFECTANT α FOR THE EYES〉
森博嗣 ジグβ(ベータ)は神ですか〈JIG β KNOWS HEAVEN〉
森博嗣 キウイγ(ガンマ)は時計仕掛け〈KIWI γ IN CLOCKWORK〉

森博嗣 χ(カイ)の悲劇〈THE TRAGEDY OF χ〉
森博嗣 ψ(プサイ)の悲劇〈THE TRAGEDY OF ψ〉
森博嗣 イナイ×イナイ〈PEEKABOO〉
森博嗣 キラレ×キラレ〈CUTTHROAT〉
森博嗣 タカイ×タカイ〈CRUCIFIXION〉
森博嗣 ムカシ×ムカシ〈REMINISCENCE〉
森博嗣 サイタ×サイタ〈EXPLOSIVE〉
森博嗣 ダマシ×ダマシ〈SWINDLER〉
森博嗣 女王の百年密室〈GOD SAVE THE QUEEN〉
森博嗣 迷宮百年の睡魔〈LABYRINTH IN ARM OF MORPHEUS〉
森博嗣 赤目姫の潮解〈LADY SCARLET EYES AND HER DELIQUESCENCE〉
森博嗣 馬鹿と嘘の弓〈Fool Lie Bow〉
森博嗣 まどろみ消去〈MISSING UNDER THE MISTLETOE〉
森博嗣 地球儀のスライス〈A SLICE OF TERRESTRIAL GLOBE〉
森博嗣 レタス・フライ〈Lettuce Fry〉
森博嗣 僕は秋子に借りがある I'm in Debt to Akiko〈森博嗣自選短編集〉
森博嗣 どちらかが魔女 Which is the Witch?〈森博嗣シリーズ短編集〉
森博嗣 喜嶋先生の静かな世界〈The Silent World of Dr.Kishima〉
森博嗣 そして二人だけになった〈Until Death Do Us Part〉

講談社文庫　目録

森　博嗣　つぶやきのクリーム〈The cream of the notes〉
森　博嗣　ツンドラモンスーン〈The cream of the notes 4〉
森　博嗣　つぼみ茸ムース〈The cream of the notes 5〉
森　博嗣　つぶさにミルフィーユ〈The cream of the notes 6〉
森　博嗣　月夜のサラサーテ〈The cream of the notes 7〉
森　博嗣　つんつんブラザーズ〈The cream of the notes 8〉
森　博嗣　ツベルクリンムーチョ〈The cream of the notes 9〉
森　博嗣　追懐のコヨーテ〈The cream of the notes 10〉
森　博嗣　積み木シンドローム〈The cream of the notes 11〉
森　博嗣　妻のオンパレード〈The cream of the notes 12〉
森　博嗣　カクレカラクリ〈An Automaton in Long Sleep〉
森　博嗣　DOG&DOLL
森　博嗣　森には森の風が吹く〈My wind blows in my forest〉
森　博嗣　アンチ整理術〈Anti-Organizing Life〉
萩尾望都　原作　森　博嗣　トーマの心臓〈Lost heart for Thoma〉
諸田玲子　森家の討ち入り
森　達也　すべての戦争は自衛から始まる
本谷有希子　腑抜けども、悲しみの愛を見せろ
本谷有希子　江利子と絶対〈本谷有希子文学大全集〉
本谷有希子　あの子の考えることは変
本谷有希子　嵐のピクニック
本谷有希子　自分を好きになる方法
本谷有希子　異類婚姻譚
本谷有希子　静かに、ねぇ、静かに
茂木健一郎　「赤毛のアン」に学ぶ幸福になる方法
森林原人　セックス幸福論〈偏差値78のAV男優が考える〉
桃戸ハル編・著　5分後に意外な結末〈ベスト・セレクション〉
桃戸ハル編・著　5分後に意外な結末〈ベスト・セレクション　黒の巻・白の巻〉
桃戸ハル編・著　5分後に意外な結末〈ベスト・セレクション　心震える赤の巻〉
桃戸ハル編・著　5分後に意外な結末〈ベスト・セレクション　心弾ける橙の巻〉
桃戸ハル編・著　5分後に意外な結末〈ベスト・セレクション　金の巻〉
桃戸ハル編・著　5分後に意外な結末〈ベスト・セレクション　銀の巻〉
森　功　高倉健〈隠し続けた七つの顔と「謎の養女」〉
森　功　地面師〈他人の土地を売り飛ばす闇の詐欺集団〉
望月麻衣　京都船岡山アストロロジー
望月麻衣　京都船岡山アストロロジー2〈星と創作のアンサンブル〉
望月麻衣　京都船岡山アストロロジー3〈恋のハウスと檸檬色の憂鬱〉
桃野雑派　老虎残夢
森沢明夫　本が紡いだ五つの奇跡
山田風太郎　甲賀忍法帖〈山田風太郎忍法帖①〉
山田風太郎　伊賀忍法帖〈山田風太郎忍法帖③〉
山田風太郎　忍法八犬伝〈山田風太郎忍法帖④〉
山田風太郎　風来忍法帖〈山田風太郎忍法帖⑪〉
山田風太郎　新装版　戦中派不戦日記
山田正紀　大江戸ミッション・インポッシブル〈顔役を消せ〉
山田正紀　大江戸ミッション・インポッシブル〈幽霊船を奪え〉
山田詠美　晩年の子供
山田詠美　A2Z
山田詠美　珠玉の短編
柳家小三治　ま・く・ら
柳家小三治　もひとつま・く・ら
柳家小三治　バ・イ・ク
山口雅也　落語魅捨理全集〈坊主の愉しみ〉
山本一力　深川黄表紙掛取り帖
山本一力　牡丹酒〈深川黄表紙掛取り帖（二）〉
山本一力　ジョン・マン1　波濤編
山本一力　ジョン・マン2　大洋編

2024年6月14日現在